# ZÉ PEDRO E SEUS DOIS AMORES

★ E OUTRAS HISTÓRIAS ★

S. CECÍLIA
CAMPOS ELÍSEOS
PALÁCIO CAMPOS ELÍSEOS
LICEU CORAÇÃO DE JESUS
Júlio Prestes
PARQUE DA LUZ
LUZ
Tiradentes
QUARTEL
MUSEU DE ARTE SACRA
FATEC
PR. DA LUZ
Luz
CECÍLIA
S. Cecília
SANTA CASA
REPÚBLICA
República
CENTRO
CONSOLAÇÃO
LAÇÃO
UNIV. MACKENZIE
SESC
SABESP
Anhangabaú
S. Bento
Sé
SÉ
CÂMARA MUNICIPAL
BIXIGA
BELA VISTA
HOSP. SÍRIO LIBANÊS
HOSP. MATARAZZO
Trianon
Liberdade
LIBERDA
LIBERDADE
São Joaquim
F.M.U
MERCADO

# RICARDO AZEVEDO

# ZÉ PEDRO E SEUS DOIS AMORES

## E OUTRAS HISTÓRIAS

editora ática

*Zé Pedro e seus dois amores — e outras histórias*


Esta edição reúne os textos ficcionais originalmente publicados nos livros *A hora do cachorro louco*, *Pobre corinthiano careca* e *Três lados da mesma moeda*, revistos pelo autor especialmente para esta coletânea.

*Pobre corinthiano careca*, republicado aqui com alterações e sob o título de *Zé Pedro e seus dois amores*, foi ganhador do prêmio APCA — Associação Paulista de Críticos de Arte, em 1995, e indicado no catálogo *The White Ravens* da Biblioteca de Munique — Internationale Jugendbibliothek, em 1996.

**Diretoria de conteúdo e inovação pedagógica** Mário Ghio Júnior

**Diretoria editorial** Lidiane Vivaldini Olo

**Gerência editorial** Paulo Nascimento Verano

**Edição** Fabiane Zorn

**ARTE**

Ricardo de Gan Braga (superv.), Soraia Pauli Scarpa (coord.) e Thatiana Kalaes (assist.)

**Projeto gráfico, lettering e ilustrações** Rafael Nobre | Babilonia Cultura Editorial

**REVISÃO**

Hélia de Jesus Gonsaga (ger.), Rosângela Muricy (coord.), Gabriela Macedo de Andrade, Barbara Molnar, Brenda Morais e Gabriela Lubascher Miragaia (estagiárias)

**ICONOGRAFIA**

Sílvio Kligin (superv.), Claudia Bertolazzi (pesquisa), Cesar Wolf e Fernanda Crevin (tratamento de imagem)

CIP-BRASIL. CATALOGAÇÃO NA FONTE
SINDICATO NACIONAL DOS EDITORES DE LIVROS, RJ

A988z

Azevedo, Ricardo, 1949-
Zé Pedro e seus dois amores : e outras histórias / Ricardo Azevedo ; ilustração Rafael Nobre. - 1. ed. - São Paulo : Ática, 2015.
248 p. : il.

Inclui prefácio
ISBN 978 85 08 17203-0

1. Ficção infantojuvenil brasileira. I. Nobre, Rafael. II. Título.

15-22140 CDD: 028.5
CDU: 087.5

Código da obra CL 739094
CAE 551961

2015
1ª edição
1ª impressão
Impressão e acabamento: Gráfica Ideal

editora ática

Direitos desta edição cedidos à Editora Ática S.A., 2015
Avenida das Nações Unidas, 7221
Pinheiros — São Paulo — SP — CEP 05425-902
Tel.: 4003-3061 / atendimento@atica.com.br
www.atica.com.br

# PREFÁCIO

A ideia de escrever o texto *A hora do cachorro louco* surgiu anos atrás, durante pesquisas que andei fazendo sobre nossa cultura popular, graças à leitura de depoimentos de pessoas que afirmavam acreditar em lobisomem. Algumas contaram, inclusive, que já tinham visto o famigerado monstrengo andando por aí. Eram entrevistas, algumas muito boas, feitas por diferentes folcloristas em diferentes épocas. Mas o que me chamou a atenção foi que todas, ou quase todas, diziam que, na verdade, os lobisomens só atacavam mulheres grávidas, crianças pequenas e velhos. Isso me deixou impressionado. Pensei comigo: se esse bicharoco age dessa forma, ele tenta, na verdade, impedir a esperança (mulheres grávidas), a construção do futuro (crianças pequenas) e a memória / a experiência do passado, ou seja, a História (os velhos). Em outras palavras, como símbolo popular, o lobisomem representa o Mal: sua vitória significaria o fim da humanidade. Fiquei com isso na cabeça e, desde então, fui juntando ideias e fazendo anotações. Acabei escrevendo um texto que, por meio da ficção, tem como pano de fundo a pobreza e a injustiça social, essas sim, dois abomináveis monstrengos que existem de verdade e que precisam ser combatidos e derrotados por todos nós. Uma coisa é certa: se lobisomens existissem, as pessoas pobres e desprotegidas seriam certamente suas primeiras vítimas.

Após a publicação de *Pobre corinthiano careca*, percebi que havia cometido um triste erro: o título do livro poderia ser considerado ofensivo aos torcedores do glorioso Sport Club Corinthians Paulista. Nada a ver com o enredo, que conta a história de Zé Pedro, um jovem que, além de ser um talvez--quase-futuro-escritor, é apaixonado por Camila e corinthiano roxo. No livro, aliás, o Coringão é valorizado de ponta a ponta. A trama do texto — que a partir de agora passa a ser chamado *Zé Pedro e seus dois amores* — trata, na verdade, de um adolescente tentando lidar com sua imaginação, seus problemas com relação ao pai, sua falta de dinheiro, seu amor por uma colega de classe, suas inseguranças, sua vontade de escrever e sua paixão de torcedor. O livro recebeu o prêmio APCA (Associação Paulista de Críticos de Arte) em 1995 e no ano de 1996 foi indicado no catálogo *The White Ravens*, da Internationale Jugendbibliothek — Biblioteca de Munique, especializada em literatura infantojuvenil, na Alemanha. Graças a isso ganhou traduções para o alemão e o holandês. Tudo bem, mas nada disso corrigiu o título equivocado. Como mexi recentemente no texto, acrescentando coisas importantes, achei que era hora de resolver o problema de uma vez por todas.

Quanto a *Três lados da mesma moeda*: para escrevê-lo, parti de uma ideia que venho discutindo há anos em artigos e palestras. Por razões mercadológicas e utilitárias, tem havido uma crescente naturalização da ideia de que as pessoas devem ser separadas por faixas de idade. Obviamente existem crianças, jovens e adultos, mas é preciso tomar cuidado. O resultado dessa tendência é fazer com que, por exemplo, os jovens sintam-se num mundo à parte, o "mundo jovem", o "universo juvenil" que seria "completamente diferente" ou "descolado" do "mundo adulto". A divisão de pessoas por idade pode de fato ajudar a organizar classes escolares e aulas de ginástica, assim como determinar fatias de mercado para facilitar a venda de produtos. Mas pode também resultar em situações irracionais, como a do leitor que pega um livro, examina a contracapa e diz: "Este livro é para leitores de 12 anos. Nada a ver. Eu tenho 13!". Da mesma forma, daqui a pouco teremos livros de poesia para mulheres de 35 anos casadas. As de 35 anos separadas terão "naturalmente" outros livros, escritos especificamente para elas. Em outras palavras, a meu ver, tudo isso não passa de uma manipulação grosseira da realidade. O que interessa, creio, é justamente o contrário: a aproximação entre as pessoas, e não sua separação. É o jovem de 13 anos examinar o pai de 48 ou o avô de 73 e pensar: "Pô! Como esses caras são parecidos comigo!". Tento dizer que a identificação entre pessoas de diferentes idades nos torna mais humanos e as semelhanças entre todos os seres humanos são muito maiores e definitivas do que as diferenças transitórias e efêmeras ocasionadas pelas chamadas faixas etárias. Em *Três lados da mesma moeda* os personagens — Luciana de 7 anos e seus pais na faixa dos 40, Carlão com cerca de 17, Ingo com 18, Beth com 21, tio Werner com 87 e Jardilina na faixa dos 30 — todos são pessoas que, embora de idades diferentes, estão mergulhadas na vida e, como nós, enfrentam questões pessoais e contradições de certa forma semelhantes.

Quando estava mexendo no texto de *Zé Pedro e seus dois amores* percebi que os três livros, por tratarem de questões convergentes e por se passarem mais ou menos na mesma época e no mesmo espaço urbano, poderiam ser reunidos em um único volume. É o que o leitor tem agora em mãos.

***Ricardo Azevedo***

PARA MEU AMIGO ZECO HOMEM DE MONTES.

PARA JOSÉ EDUARDO, O ZUZA, ESSA FIGURA QUERIDA, CORINTHIANA E NEM UM POUCO CARECA.

AOS QUERIDOS REGINA E ALBERTO.

★

A HORA DO CACHORRO
LOUCO

# 1

**GENTE** apressada. Um zumbido estridente latejando pelas esquinas. Automóveis e ônibus disputando espaços vazios. Sirenes. Fumaça. Buzinas. Brecadas. Motocicletas esticando as marchas. A tarde cai no centro da cidade.

Uma mulher destoa de tudo isso.

Segue pela calçada com passos largos e lerdos. Difícil dizer sua idade. Alguma coisa entre 50 e 60 anos. Os cabelos escuros, presos atrás da cabeça num rabo de cavalo, não combinam com a pele vincada pelo sol e pelo tempo. Veste uniforme de empregada doméstica.

A mão grossa, de quem trabalhou na roça, segura dinheiro para comprar pão e leite. Vai devagar e sólida, destacando-se naquele emaranhado afobado de gente.

Na frente da igreja, a mulher para e olha para o alto. Fica um tempo imóvel, de cabeça baixa. Depois, segue seu caminho, fazendo o sinal da cruz.

Um grupo de pessoas está reunido perto da igreja. No meio da roda, um anão grita agitado:

— E aí, gente boa? Quem vai pagar pra ver um cara arriscando a vida? — Mostra um saco plástico vazio. — Quem vai pagar pra ver um cabra da peste cortando a própria carne? — E pede: — Vamo lá, pessoal! Na boa! Tá na hora de botar a mão no bolso e soltar a grana!

O anão tinha colocado um pedaço de grade na calçada. A peça, de ferro, mais alta que ele, é cheia de pontas, facas, giletes e cacos de vidro amarrados e colados na parte superior.

O sujeito despe a camisa e exibe o dorso musculoso cheio de cicatrizes.

— É hoje, pessoal! O Meia-Dose aqui vai saltar a grade pra todo mundo ver! Ou consigo ou viro espetinho de carne.

Parada entre as pessoas, a mulher examina o anão.

— Vamos lá, moçada! — grita ele. — Olha o dinheirinho aí! Assistir ao espetáculo de graça é sacanagem! — E repete: — Olha que o Meia-Dose vai saltar a grade! Ou viro presunto picotado ou consigo e pego a grana. Não tem saída!

As pessoas aglomeradas espiam a cena com ar duvidoso. Alguns colocam dinheiro no saquinho de plástico.

De quando em quando, o anão vai para longe, coloca o saco no chão, toma distância e, respirando fundo, de forma exagerada, ameaça sair correndo e saltar. A plateia silencia. O homenzinho arranca, dá alguns passos em velocidade, mas interrompe a corrida:

— Alarme falso! — explica ele, voltando. — Melhor ganhar dinheiro enfrentando faca e gilete que sair por aí pedindo esmola ou assaltando mansão de grã-fino!

O povo se diverte com aquela figura baixinha berrando na rua.

— Vamos lá, gente fina! Vamos lá, gente bacana! Vamos colaborar com o Meia-Dose! Nada de moeda e trocado... Tem que ser nota graúda! — E passa de novo o saquinho transparente, cada vez mais cheio.

A mulher vai embora e para num empório ali perto. Compra pão, leite, revista para o patrão e um pacotinho de velas.

Na volta, o anão ainda está no mesmo lugar, ameaçando pular. Agora, o número de pessoas ao redor aumentou.

O baixinho passa o saco. Toma impulso. Concentra-se. Finge que parte. Para. Volta. Recolhe o dinheiro e continua.

Quando o saco está quase estourando, berra:

— É agora!

Coloca o saco cheio de dinheiro encostado no pé da grade. Toma longa distância. A plateia, atenta. O anão limpa a testa, passa o braço na boca. Olhar fixo no obstáculo. Fica em posição de largada. Aperta os olhos. Seu corpo musculoso e suado parece em transe. Pede para abrirem espaço atrás da grade, senão pode machucar alguém:

— Se tiver que morrer um, que morra eu!

Enfim arranca veloz, porém, em vez de saltar, agarra o saquinho, desvia da grade e foge pelo espaço aberto na multidão.

— Ei!

— Safado!

— Pega!

— Volta aqui, filho da mãe!

— Chama a polícia!

As pessoas gritam. Muita gente ri. Alguns tentam correr atrás, mas o tal Meia-Dose parece um corisco. Evapora nas ruas da cidade grande.

A mulher balança a cabeça:

— É duro!

Vai para casa terminar de fazer o jantar.

# 2

Oito horas da noite.

A empregada tira a mesa. A família dos patrões assiste ao noticiário da televisão:

> Estamos reprisando com exclusividade para nossos telespectadores os principais momentos da espetacular missão espacial Apollo 11, ocorrida no ano de 1969. Pela primeira vez na História o homem pisava na Lua!

A televisão, como sempre, fala sem parar:

> A descida foi perfeita. Nossas imagens agora mostram os tripulantes passeando no solo lunar...

A família parece enfeitiçada diante da TV.

— Já vi essas cenas mil vezes, mas sempre acho bárbaro!

— Olha que baita foguetão!

— Já pensou ter que andar com essas roupas?

— E se tivesse vida na Lua?

— Olha a pegada do cara no chão!

— Os caras tiveram coragem, hein, pai!

— A Lua parece o deserto do Saara...

— Pai, explica de novo pra Camila por que os astronautas andam assim quase boiando.

— A gravidade da Lua é menor que a da Terra, entendeu, filha? — ensina o dono da casa, ajeitando os cabelos. — A gravidade é uma força invisível que puxa a gente o tempo todo na direção do chão. Lá na Lua essa força é bem menor. Por isso a pessoa fica mais solta e parece que...

— Olha lá que legal!

De costas para a TV, a empregada canta baixinho um hino religioso.

— Pô, dona Maria! Olha aí! A senhora já tinha visto o homem andando na Lua? Foi um momento histórico!

— O seu doutor me desculpe, mas pra mim isso é tudo bobagem.

— Bobagem o quê?

— Isso de homem ir pra Lua — responde ela, rindo. — Eu, hein?! É só filme.

— Os caras foram lá de verdade, dona Maria! — garante o menino, de uns 12 anos de idade; olhos presos na TV.

— Pra mim é filme, Marcelo — responde ela. — Em filme acontece tudo. Já vi cabra avoar no céu feito rolinha. Já vi sujeito pegar onça viva pela goela. Já vi gigante, homem-aranha e até gente com olho arregalado na testa. Tudo besteirada.

O menino ri.

— Dona Maria da Luz, pelo amor de Deus! Para um pouco de varrer e presta atenção!

É o patrão falando.

— Parece filme, mas não é — insiste ele. — O homem pisou na Lua no ano de 1969. A nave chamava-se Saturno V. Foi real. É coisa séria, dona Maria. Um dos feitos mais importantes da ciência moderna. Até hoje, passados tantos anos, é coisa de tirar o chapéu. Precisou de alta tecnologia. Isso tudo custou caro, bilhões e bilhões de dólares. Olha os astronautas lá. A NASA...

— É filme, doutor Raul. Tá na cara! — A mulher balança a cabeça, sem jeito. Não quer parecer teimosa nem criar caso. — Em filme é sempre assim. Aparece guerra. Aparece monstro. Aparece foguete. Aparece onda gigante. O artista morre.

No outro filme, ressuscita. Um dia tá com uma mulher; no outro, tá com outra. Às vezes é velho, às vezes é moço, é rico, é pobre... Tudo a mesma pessoa. Em filme já vi até homem-mosquito! — A mulher faz um muxoxo. — Tudo bobageira e fingição. A vida mesmo... a vida, no duro, é outra coisa!

O patrão suspira e olha para a esposa. Dona Maria continua:

— Só não gosto de filme de alma penada, morto-vivo e força do além. Essa gente não devia mexer com isso, não!

— Mas de fantasma e vampiro é muito legal!

— Credo, Marcelinho! Com negócio do coisa-ruim não se brinca!

Após os comerciais, a televisão muda de assunto:

> Casal atacado no centro de São Paulo. Ontem, por volta da meia-noite, o advogado José Geraldo Assunção e sua esposa saíam de um restaurante nas imediações da praça da República, no centro da cidade de São Paulo, quando foram violentamente atacados por um cachorro...

— Outra vez! — exclama o menino.

> O animal, preto e de grande porte, apareceu de repente, saltando sobre a dona de casa que, desequilibrada, foi atirada no chão. O cachorro parecia enlouquecido. Assustado, o marido pegou um pedaço de pau e golpeou o animal, que acabou fugindo. Marta Cardoso Assunção, a esposa do advogado, foi transportada para o Hospital das Clínicas com ferimentos generalizados. Segundo uma testemunha, o cachorro é enorme e muito peludo. Em depoimento na delegacia de polícia, vários moradores reclamaram que não é a primeira vez que o animal aparece na região atacando pes-

soas. A prefeitura montou um esquema de busca em toda a região, mas até agora o cachorro não foi localizado. Marta Assunção, dona de casa de 27 anos, grávida de cinco meses, corre o risco de perder a criança...

— Coitada! — exclama a mãe de Marcelo.

— Parece incrível! — comenta o marido. — Que eu me lembre, é a segunda ou terceira vez que isso acontece...

Marcelo está revoltado.

— É mesmo, pai! — diz ele. — Outro dia foi um guardador de carros. Na semana passada foi um entregador de pizza. Encontraram o cara na rua, todo arrebentado!

— Escutei no rádio que o moleque não aguentou os ferimentos e morreu — lembra o pai.

— Sair à noite hoje em dia é loucura! — exclama a mulher. — Já não chegam os assaltos, os trombadinhas, os sequestros-relâmpagos, as balas perdidas. Agora até cachorro bravo aparece pra morder a gente!

— Pelo menos é fácil de resolver, Leda — acha o marido. — Você vai ver. A carrocinha vai acabar com isso logo, logo...

Maria da Luz examina o patrão com olhos assustados. Resmunga, sacode a cabeça e sai da sala.

# 3

Região central da cidade. Mais de meia-noite. O homem segue pela calçada cantarolando o samba de Wilson Batista:

Eu tiro o domingo para descansar
Mas não descansei
Que tolo fui eu

Regressei do futebol
Todo queimado do sol
O Flamengo perdeu
Pro Botafogo

Amanhã vou trabalhar
Meu patrão é vascaíno
E de mim vai zombar...

A voz do velho voa baixinho. Uma garoa fina molha insistentemente. Por incrível que pareça, Sylvio — ele faz questão do "y" — sente-se na melhor fase de sua longa vida.

Viúvo e aposentado, mora num apartamento pequeno, mas confortável, perto do largo Santa Cecília. Com 82 anos, tem uma saúde de ferro, apesar da pressão um pouco alta, que controla evitando sal, e de uma dorzinha constante nas costas. Isso fora a surdez.

Não tem dívidas, não paga aluguel. E o melhor: está namorando de novo! O nome dela é Arlete, dona Arlete, professora de piano, também viúva e aposentada. Namoro melhor, impossível. Cada um tem sua casa. Cada um tem sua aposentadoria. Cada um tem sua vida. Um não depende do outro. Encontram-se quando dá vontade de estarem juntos.

Fora o namoro, Sylvio divide seu precioso tempo em quatro atividades: dormir, ler jornais, colecionar CDs de samba e jogar xadrez num clube quase na esquina da rua Araújo.

Toda sexta-feira, além disso, costuma reunir-se à noite com os amigos para beber cerveja e jogar conversa fora.

Nesta sexta está eufórico. Esteve no barzinho da rua Aurora com o pessoal — velhos aposentados como ele. A discussão, para variar, acabou caindo no futebol: qual o melhor time brasileiro de todos os tempos?

Sylvio caminha satisfeito pelas ruas da cidade deserta. Acha que dessa vez conseguiu provar, por "a" mais "b", que a melhor, a mais fantástica, a mais imbatível equipe do futebol brasileiro de todos os tempos tinha sido o Santos F. C. da década de 1960. Que baita timaço! E, ainda por cima, bicampeão mundial!

O velho anda e com prazer rememora a conversa. Para ele, sem sombra de dúvida, o melhor time de futebol, o maior esquadrão que já pisou os gramados brasileiros e do resto do mundo ontem, hoje e amanhã era um só: Gilmar no gol; os zagueiros Dalmo (ou Olavo), Mauro, Calvet e Geraldino; o meio de campo formado por Zito e Mengálvio; e o ataque dos sonhos de Dorval, Coutinho, Pelé e Pepe.

— O resto é conversa mole!

Os olhos do aposentado brilham úmidos relembrando as memoráveis tabelinhas entre Pelé e Coutinho. O chute assassino de Pepe, o Canhão da Vila. O capitão Zito comandando o time e destruindo tudo no meio de campo. Mengálvio alimentando o ataque com sua elegância discreta.

Sylvio não escutava os argumentos contrários de ninguém. Como era surdo, costumava desligar o aparelhinho enquanto os outros falavam. Nessas ocasiões, ficava balançando a cabeça, fingindo que estava prestando atenção. Depois, ligava o aparelho e contra-atacava.

O velhote tinha boa memória, pelo menos para as coisas antigas. Inventava um pouco também. Tanto fez, tanto falou, tanto argumentou, citou números, estatísticas, pontos ganhos e perdidos, artilheiros e resultados de jogos, que acabou, na opinião dele, dobrando todo mundo.

Nada como voltar para casa depois de vencer uma discussão!

O aposentado está apertado. Tinha tomado vários chopes. Precisa chegar em casa e ir urgente ao banheiro urinar. Depois, vestir o pijama — na verdade, uma camiseta do Santos — e cair duro na cama.

Deitados na calçada, dois mendigos conversam embrulhados em panos e folhas de jornal. Na pracinha, ao lado do coreto, um grupo de meninos muito magros, encolhidos uns perto dos outros, fumam um não sei quê.

O velho agora cantarola um samba de Noel Rosa:

> Quando eu morrer
> Não quero choro nem vela
> Quero uma fita amarela
> Gravada com o nome dela
>
> Não quero flores
> Nem coroa com espinho
> Só quero choro de flauta
> Violão e cavaquinho...

Um vulto negro explode no ar.

Sylvio não tem nem tempo de compreender.

Um animal enorme e pesado, de pelos arrepiados, salta sobre o velho e crava os dentes na sua jugular.

O aposentado cai no chão. Sente dor, medo e tontura. Um cheiro de enxofre cresce em sua volta.

— Socorro!

Um carro da polícia vem passando. Guardas descem da viatura batendo portas, com armas na mão.

— Que é isso aí? Para! Para!

Tiros para o alto.

Com os olhos luzindo e a boca vermelha de sangue, o animal, um cachorro escuro, levanta a cabeça e encara a polícia.

Um dos guardas ajoelha-se, faz pontaria e aperta o gatilho.

O animal não se mexe.

Mais três tiros.

O cachorro vira-se e some na escuridão.

— Caramba! — exclama o policial admirado, examinando a arma fumegante. — Pelo menos um tiro eu acertei, e o bicho parece que nem sentiu!

Caído de bruços na calçada, o corpo de Sylvio respira pela última vez.

# 4

Marcelo passa manteiga no pão.

A irmã pequena lambe o mingau da beira do prato.

Os dois com o rosto inchado de quem acabou de acordar.

Do outro lado da mesa, o pai mexe o cafezinho e pergunta à mulher se o jornal já chegou.

— Pai... — A voz de Marcelo vem pastosa de sono. — Como o mundo começou?

— Bom... — O homem ajeita-se melhor na cadeira. — ... parece que foi com o tal do Big Bang.

— A gente aprendeu isso na escola, pai, mas acho meio esquisito...

— Esquisito como?

— Sei lá, pai — diz o menino, mastigando devagar. — Por exemplo: se o Big Bang explodiu, explodiu em algum lugar. Não dá pra explodir no nada. Então acho que havia um lugar antes do Big Bang.

Raul enche de novo a xícara de café.

— Marcelo, eu também não conheço direito esse assunto. Sei que existem várias teorias.

— O que é *teoria*, pai? — pergunta a filha, chupando os dedos sujos de mingau.

— *Teoria*, Camila, é uma ideia que a gente tem para explicar uma coisa que a gente não sabe.

— Como assim?

— Por exemplo, faz de conta que você acordou com dor de barriga. Aí você pega e pensa: "Acho que foi por causa daquele monte de bala de chocolate que eu comi ontem". Você não tem certeza, poderia ser por outra coisa, mas, sei lá, sente que a dor veio por causa do chocolate. Isso, essa explicação para a dor de barriga, filha, é uma teoria.

— Pai, você acha que a teoria do Big Bang está certa? — pergunta Marcelo.

— No fundo ninguém sabe direito, filho. Na verdade o universo é uma coisa imensa. Para você ter uma ideia, até onde sei, existem bilhões de galáxias. O sistema solar fica numa delas, a Via Láctea, e é formado pela Terra, por Marte, Vênus, Júpiter... planetas que giram em torno do Sol. Dentro da Via Láctea existem bilhões de estrelas como o Sol...

— Bilhões de estrelas que nem o Sol? Bilhões de galáxias que nem a Via Láctea? — O menino está espantado. — Tudo isso? Mas então o nosso mundo deve ser deste tamanhinho!

— Dentro do universo — diz o pai —, a gente é mil vezes menos que minúsculo.

— Nossa!

— Não é o que o Santo Livro diz — a voz vem da cozinha. É Maria da Luz.

O menino espia o pai. Sua irmã levanta o nariz cheio de mingau.

— Olha, dona Maria... Bem... A ciência, os cientistas acham isso e...

— Não é o que está na Bíblia, doutor.

— E o que está na Bíblia?

A mulher aparece na sala de jantar enxugando as mãos no avental. Sorri cheia de fé e confiança. Fala pausadamente, com gestos largos:

— Diz que foi assim. De primeiro, Deus disse: "Faça-se a luz". E surgiu a noite e o dia. Depois, Deus foi e criou o céu e o mar. Aí chegou a vez da terra, da semente, da erva, da árvore, da flor e da fruta. Depois fez dois luzeiros no céu: o Sol de um lado e a Lua do outro. Então Deus criou o bicho miúdo, o peixe, a lagartaiada, o passarinho e, por último, a vaca, o cavalo, o jegue, o cachorro e, no fim, o homem. E aí descansou. Tá explicado tudinho nas Escrituras.

— E a barata, dona Maria?

A empregada ri:

— Barata é bicho miúdo, Camilinha!

— Acontece, dona Maria, que a Bíblia explica o surgimento do mundo de uma forma mais... simbólica...

— Se é sem bola ou é com bola, doutor Raul, isso eu não sei — responde a mulher, decidida. — Só sei que a Bíblia é a Bíblia. O que está escrito é o que é. A Bíblia falou, tá falado. O resto...

— E o fim do mundo, dona Maria? — pergunta o menino. — Lá na Bíblia diz o quê?

A mulher faz cara assustada:

— Minha avó, nhá Zefa, dizia que primeiro há de chegar o tempo que todo o sal, açúcar e comida vão faltar; depois, o povo da roça vai se vestir de seda e o povo da cidade, de pano grosso. Os filhos dos pobres hão de brincar com bola de ouro e os filhos dos ricos, com bosta de vaca. Aí vai aparecer o Anticristo, que há de fazer muitos milagres: as montanhas vão mudar de lugar, as árvores vão voar feito passarinho, as casas vão virar de cabeça para baixo, as famílias vão acabar. Nesse tempo, o dinheiro vai valer mais do que a própria vida. O povo vai achar que isso é bom, que é assim mesmo. Depois do Anticristo há de vir o chifrudo. O coisa-ruim. A obra do tinhoso vai ser a guerra de todos contra todos. Diz que então um dia Deus há de mandar fogo pra acabar com o mundo; mas o estrago vai ser aqui mesmo, uns matando os outros. Aí há de descer um anjo do céu trazendo um boi assado e soltando o bicho no mundaréu. O boi vai correr a terra, de casa em casa, com um garfo e uma colher fincados nas costas. Cada um come um pedacinho dele, mas só os fiéis. Quem não acredita, presta obediência e fica sem comer. No fim, os pecadores, o povo do beiçudo chifrudo vai pro fogo dos quinto dos inferno. A gente boa sem pecado vai criar asa, voar até o céu assim, ser recebida por são Pedro e, pronto, vai viver pra sempre no paraíso, amém.

Marcelo aperta os olhos. Parece preocupado.

— Como é lá no paraíso, dona Maria? — quer saber Camila. — Lá tem anjo de verdade?

— Ah! — exclama a mulher com olhos cheios de sonho. — Lá sim! Lá vai ter comida pra todos. Lá não tem mais nem rico nem pobre, nem patrão, nem empregado, nem branco, nem preto, nem amarelo, é tudo igual, do mesmo sangue, que nem irmão da mesma família. Também não tem fome, doença, injustiça, crime, safadeza, mentira, orgulho, falsidade, nada dessa coisarada, Camilinha, que isso é obra do tinhoso. Dizem que lá os rios são de leite, carne assada nasce no chão feito planta, tem lagoa cheia de mel, e ninguém precisa trabalhar. É lá no paraíso que fica a fonte da juventude. Quem bebe daquela água não envelhece mais. Lá a pessoa vive jovem pelo resto da vida e fica só no bem-bom, passeando, rezando, conversando e festejando. Diz que no paraíso tem forró todo santo dia. Lá é bom demais da conta!

— Ensina a gente a dançar forró, dona Maria! — grita Camilinha.

— Gente! — a patroa entra na sala interrompendo a conversa, com o jornal na mão. — Raul, olha só! Outra pessoa atacada aqui pertinho de casa, na praça da República. Diz aqui que o cara morreu!

— Foi o cachorro outra vez? — pergunta o menino.

— Foi! Deixa eu ver direito... — a mulher, jovem ainda, senta-se à mesa ajeitando o pijaminha curto. — Sylvio Costa Brandão... Funcionário público aposentado... 82 anos... Viúvo... Atacado... Um cachorro preto de raça desconhecida... Mordidas no pescoço... No rosto... Que horror! Quando a polícia chegou, já era tarde... Agora estão realizando uma verdadeira blitz com a polícia civil e a carrocinha, na tentativa de localizar e...

— Tá louco, meu! — grita o menino.

— Não quero você andando por aí à noite, viu, Marcelo? — diz Raul. — Se esse cachorro apareceu na praça da República, pode muito bem resolver passear por aqui, que é quase do lado.

— Tomara que a polícia consiga caçar o bicho logo! — exclama a mãe, preparando um café.

Encostada na TV, a empregada observa os patrões.

Marcelo vai escovar os dentes. Não está preocupado nem com a criação do universo, nem com o fim do mundo, nem com o paraíso, nem mesmo com o tal do cachorro preto.

# 5

Um assunto martela a cabeça de Marcelo. O menino tem andado sem saber o que pensar.

Costumava passar os fins de semana em São Roque, no sítio do avô, uma propriedade antiga com uma casa simples e espaçosa, cheia de árvores em volta, morro, campinho de futebol, lago, pomar e até um riachinho perto do bambuzal.

Marcelo tem muitos amigos por lá. O Nélson da Madalena. Valdomiro. O Mário japonês. Ermenegildo e Tonhão. O melhor de todos é Eraldo, neto do seu Albertinho, que trabalha na venda.

Há uns meses, num daqueles deliciosos fins de semana, Marcelo chamou Eraldo para jogar bola.

— Topa fazer um gol a gol?

Eraldo apareceu mancando, com o pé pintado de azul.

— Que foi?

— Nada não.

— Machucou?

O pé do menino estava feio e inchado.

— Cortei numa lata velha enferrujada.

— Passou remédio?

— A mãe passou tinta.

A ferida malcheirosa crescia sobre a pele encardida e azulada.

— Tinta?

— Tinta azul de parede. O pai diz que é bom.

— Tinta de parede?

— De noite, a mãe lava e bota folha de bananeira.

— Folha de bananeira pra quê?

— Diz que ajuda a acalmar a ferida.

Marcelo achou graça. Passar tinta em machucado?

Aquele dia, Eraldo estava desanimado, cansava por qualquer coisa. Parecia febril. Os olhos embaçados. Nem jogar bola de gude ele quis — justo ele, que ganhava todas! —, e foi cedo para casa.

Semanas depois, Marcelo soube, por meio do avô, que a ferida arruinara e que o moleque agora estava internado num hospital com risco de perder a perna.

A notícia o perturbou. Amputar a perna! Não dava para imaginar o amigo andando de muleta, sem perna. Marcelo examinava sua própria perna. Não conseguia acreditar, entender como aquilo podia acontecer com alguém. Em certos momentos sentia raiva. Revolta. Outras vezes sentia culpa. Soube que o amigo estava passando tinta de parede no machucado e não ligou nem fez nada. Só de pensar nisso, seus olhos enchiam-se de lágrimas. Coitado do Eraldo! Que desgraça! O cara que sabia fazer o melhor estilingue do mundo. O cara que tinha ensinado a ele jogar bolinha de gude, coisa que em São Paulo ninguém sabia. O cara que sempre adivinhava o lugar onde tinha minhoca para isca na hora de pescar.

Marcelo lembrava de uma vez, era inverno, chovera muito, e ele acabou ficando até mais tarde na casa de Eraldo. À noite, depois do jantar — um pouco de arroz e feijão cobertos com farinha de milho e só —, dona Tidinha sentou-se na rede e contou uma história. A luz do fogão a lenha, a voz e o jeito de falar da mulher de vez em quando renasciam na cabeça do menino da cidade.

A onça-pintada era o bicho mais forçudo do mato inteiro. Um dia, chamou o sapo e disse: “Cai fora, bicho fraco. Não quero você morando na floresta, não!”. O sapo ficou assustado. Achou melhor ir morar no mar. O tubarão era o bicho mais forçudo do mar inteiro. Chamou o sapo e disse: "Cai fora, bicho feio. Não quero você morando no mar, não!". O sapo pensou: *Assim não dá. Se correr, o bicho pega; se ficar, o bicho come!* Foi quando teve uma ideia. Voltou pro mato e disse pra onça: "Sou muito mais forte que você!". A onça caiu na risada: "Sai pra lá, sapo fraco, banguela de meia-tigela!". Aí o sapo fez cara enfezada: "Olha que eu jogo você no mar! Quer apostar quanto?". A onça gritou: "Tá apostado!". Diz que então o sapo foi, foi, foi e chegou na beira do mar. Chamou o tubarão e disse: "Sou muito mais forte que você!". O tubarão caiu na risada: "Sai pra lá, sapo feio, banguela de meia-tigela!". Aí o sapo disse: "Olha que eu jogo você na terra! Quer apostar quanto?". O tubarão gritou: "Tá apostado!". O sapo era um cabra arretado e não se avexou. Voltou pra falar com a onça. Levou uma corda grossa assim. *É hoje!*, pensou. Mandou a onça amarrar a corda na barriga e disse: "Quando for a hora, eu assobio. Você puxa e eu puxo. Se eu ganhar, você vai pro fundo do mar. Se eu perder, você me mata!". A onça disse "Tá bom!", e ficou lá amarrada, esperando. O sapo correu com a corda — era uma corda comprida assim — e foi até a beira do mar. Chamou o tubarão e fez a mesma coisa. Mandou amarrar a corda na barriga e esperar o assobio: "Se eu ganhar, você vai pro meio do mato. Se eu perder, você me mata!". O tubarão disse "Tá bom!", e ficou lá amarrado, esperando. Diz que então o sapo correu pro meio do mato, andou, andou, andou, subiu numa pedra e assobiou: "fiu, fiu, fiu". Do mato, a onça puxava. Do mar, o tubarão puxava. Uma hora, a onça criou força e quase que bota o peixe na terra. Outra hora, o tubarão criou força e quase que leva a bichana pro fundo do mar. *Eta sapo danado de forte!*, pen-

> sou a onça, assustada. *Eta sapo danado de forte!*, pensou o tubarão, assustado! De repente, o sapo gritou: "Que merreca! Assim tá moleza! 'Inda não usei nem metade da minha força!". A onça se apavorou e forçou mais. O tubarão fez do mesmo jeitinho. No fim, a corda não 'guentou e rebentou. A onça, toda machucada, correu pro fundo do mato. O tubarão, todo ralado, sumiu no fundo do mar. Os dois fugiram gritando: "Ô louco, sô, que o sapo é mais poderoso que nóis tudo!". E foi assim que o sapo continuou vivendo sossegado lá pras bandas do meião do mato...

Marcelo se lembra de todo mundo dando risada. Dona Tidinha podia não saber nem ler nem escrever, mas contava história melhor do que ninguém.

Lembra também que aquele dia passou fome. Na casa do amigo quase não tinha nada para comer.

Uma nuvem surge pesada no rosto do menino.

Nunca mais tinha visto Eraldo. Todo fim de semana inventava uma desculpa para não ir ao sítio. Não queria mais saber de andar a cavalo. Nem de jogar pingue-pongue. Ou de bater bola. Ou de chupar cana. Ou de comer coquinho. Ou de baralho à noite. Nada.

No fundo, não queria mais ver o amigo. E se ele tivesse perdido a perna mesmo?

Marcelo sentia medo de chegar na frente do amigo, olhar no olho dele, olhar aquele corpo sem uma perna e desatar a chorar.

Ele, que estava acostumado a ver gente pedindo na rua, agora, cada vez que via um menino andando de carro em carro com um saquinho na mão, lembrava de Eraldo, daquela vida pobre, daquela falta de comida — coisas nas quais, antes, nem de longe ele tinha reparado.

Na semana anterior, por exemplo, voltando para casa com o pai, eram umas dez da noite, estavam de carro, perto da avenida Rebouças, parados no sinal. Apareceu um garoto com a cabeça raspada e a cara lambuzada e inchada de um lado. O cara apertou tanto o rosto contra o vidro que seu pai acabou abrindo a janela.

— Uma esmolinha.

O rosto do moleque estava deformado por causa do inchaço.

— Que foi aí? — perguntou o pai de Marcelo.

— Nada.

— Tá com dor de dente?

— Uma esmolinha, seu moço, que o sinal vai abrir.

— Fala, garoto! É dor de dente?

— É.

— Toma esse dinheiro. Vai até aquela farmácia lá... Tá vendo? — Apontou para uma drogaria iluminada do outro lado da rua. — Pede um remédio. Diz que você precisa de um analgésico com anti-inflamatório.

— Tá. Deus lhe pague.

— Amanhã vai para o Hospital das Clínicas que eles dão um jeito nesse dente — completou o pai de Marcelo. — Sabe onde é?

O moleque fez sim com a cabeça.

O sinal abriu.

De cara amarrada, Raul acelerou, aumentando o volume do rádio.

— É uma vergonha, tanta gente pobre na rua. Uma criança dessas, a esta hora, devia estar em casa com a família — resmungou baixinho.

Marcelo ficou quieto. Marcelo agora pensa.

Dentro do cérebro ecoa a voz de dona Maria: "Lá não tem mais nem rico nem pobre, nem patrão, nem empregado, nem branco, nem preto, nem amarelo, é tudo igual, do mesmo sangue, que nem irmão da mesma família."

*Devia ser proibido,* pensa Marcelo, *tanta criança pobre que nem o Eraldo andando sozinha largada pelo mundo!*

# 6

Edmílson tem mais ou menos 15 anos, mas parece não ter nem 10. Magro e miúdo, fala depressa, olhando para os lados e comendo as palavras, como se estivesse pronto para fugir a qualquer momento.

Antigamente, morava na favela Águas Espraiadas com a mãe mais cinco irmãos. A mãe era doméstica. Pai, Edmílson nunca teve.

Um dia, resolveram construir uma avenida bem no lugar da favela. Os barracos foram derrubados e a família do menino foi parar na rua.

Logo depois, sua mãe perdeu o emprego, pois patroa nenhuma quer saber de empregada doméstica que mora na rua.

Pouco a pouco, a família se desmantelou.

Ednaldo, o Naná, irmão mais velho, tentou roubar o rádio de um automóvel e foi preso. Tempos depois, a mãe ficou doente e morreu. Edicleide engravidou de um motorista de táxi e sumiu no mundo. As outras três meninas foram recolhidas na Febem* e só sobrou ele.

O menino ficou um tempo em Diadema, morando na casa de uma tia, mas não deu certo. O marido dela bebia muito e às vezes batia nele. Um dia, quebrou uma garrafa na nuca de Edmílson.

O moleque acha bem melhor viver na rua por conta própria. Ganha seu dinheiro tomando conta de carros, carregando sacolas na feira, vendendo balas nas esquinas e flores nos restaurantes.

---

* A antiga Fundação Estadual do Bem-Estar do Menor — Febem foi substituída pela Fundação CASA. (N.E.)

Sua casa são os caminhões estacionados no pátio de uma transportadora na praça Princesa Isabel.

É assim. Todas as noites, sem que ninguém o veja, salta o muro do estacionamento. Como os veículos estão bem guardados, os motoristas costumam largar as portas destravadas. Edmílson faz a festa.

As cabines dos caminhões são quentinhas; as poltronas, enormes e confortáveis. E ainda dá para escutar rádio, baixinho, mas dá.

O menino adora ficar deitado na cabine dos caminhões, de olhos fechados, ouvindo música e imaginando as cenas de amor, de ciúmes e saudades que as canções costumam contar. Às vezes até chora, mas não é de tristeza. Chora por causa de um sentimento estranho dentro dele, uma espécie de saudade misturada com um buraco vazio.

Tudo por causa de um cartaz de propaganda instalado na avenida São João.

O outdoor, de uma cadeia de lanchonetes, mostra a fotografia de uma moça loira e risonha com um sanduíche na mão. É a pessoa mais linda que Edmílson já viu na vida. É a coisa mais doce. Que olhos! Que cabelos! Que boca! Que dentes! Que pele! Até a mão segurando o sanduíche, os dedos, as unhas são especiais. O menino passa horas sentado na beira da calçada admirando aquela moça. Queria morrer, virar um sanduíche e ser comido por ela. Queria sentir aquelas mãos em volta dele. Adivinhar o perfume e o calor daquela pele macia. Entrar naquela boca vermelha e ser mastigado devagarinho. Fica imaginando. Sonhando. Ela deve ser tão quentinha! Qual será o nome dela?

Ultimamente, Edmílson anda feliz da vida. Inventou um jeito de ganhar um dinheirinho bom. Enche um dos lados da boca com papel de jornal velho e passa casca de limão nos olhos, que assim ficam irritados e lacrimosos. Depois, vai para a rua pedir esmola perto de uma farmácia. É tiro e queda. As pessoas, paradas no sinal com seus automóveis, ficam com pena daquele menino sofrido com dor de dente e sempre dão dinheiro para ele comprar remédio.

Edmílson acha gozado.

Ele, sozinho ali, todo dia, no sol, na chuva e no frio, sem comida nem casa, e ninguém liga. Basta uma dorzinha de dente e pronto. Todo mundo sente pena.

Aquela noite, graças ao truque da dor de dente, o moleque tinha faturado um dinheirão. Deu para comprar três cheese-saladas com maionese, quatro refrigerantes e duas porções de batatinhas fritas tamanho grande.

Está até com dor de barriga de tanto comer. Por isso resolveu caminhar um pouco antes de ir para o estacionamento.

Não só por isso. É que a noite está uma beleza e é delicioso ficar de barriga cheia.

O céu está escuro. Passa de meia-noite. A lua redonda parece um holofote da polícia espionando a gente.

O garoto não quer dormir para não perder aquela sensação maravilhosa. A barriga roncando de prazer. De vez em quando um arroto. De quando em vez um peido.

Vai caminhando e pensando na menina do cartaz. Quem sabe um dia a vida dele não muda? Quem sabe ele não tem um pouco de sorte? O moleque faz de conta. Um dia, ele com cara de choro, a boca cheia de algodão, vai pedir esmola num carro. O motorista abre a janela. É a menina do cartaz. A menina leva ele para casa. Dá banho nele. Assiste televisão com ele. Dá sanduíche. Dá batatinha frita. Dá refrigerante. Depois, senta com ele na sala e enche ele de carinho. De beijo. Beijo na boca!

Para Edmílson, a maior felicidade da vida é ficar perambulando pela cidade com a pança cheia, procurando com a língua os restinhos de carne e maionese esquecidos nos cantos dos dentes. Zanzar noite adentro e sonhar que um dia sua vida com certeza vai mudar.

Um vulto negro e silencioso surge desenfreado na calçada.

Não há tempo para nada.

Dentes de navalha arrebentam o pescoço do menino, que desta vez não consegue escapar.

# 7

Oito e pouco da noite. Como sempre, a TV está ligada na sala:

> Interrompemos nossa programação para ouvir o pronunciamento do excelentíssimo senhor secretário de segurança pública do estado de São Paulo, delegado doutor Flávio Seabra Ataliba: "Senhoras e senhores, muito boa noite. Estamos aqui para alertar a população quanto aos desagradáveis incidentes que vêm ocorrendo na zona central da cidade, mais precisamente na região compreendida entre a praça Roosevelt, praça da República, largo do Arouche e avenida São João. Consta que um cachorro, provavelmente um vira-lata, vem atacando, ferindo e até tirando a vida de pessoas que transitam à noite por essas imediações. Os ataques ocorrem tarde da noite, por isso são poucas as testemunhas. Já sabemos tratar-se de um cão escuro, peludo, de grande porte — um animal extremamente agressivo. As polícias civil e militar, como sempre, estão atentas e têm adotado os procedimentos necessários. A fiscalização foi intensificada, mas infelizmente ainda não foi possível localizá-lo e abatê-lo. O serviço da carrocinha, órgão subordinado à prefeitura municipal, tem estado a postos 24 horas por dia. A polícia civil está de prontidão. Várias pessoas foram atacadas, algumas com gravidade. Hoje, infelizmente, outra pessoa foi vítima do referido animal. Um menor de rua, ainda não identificado, de cerca de 10 anos e domicílio desconhecido, foi encontrado morto nas imediações da avenida São João."

— Putz! — exclama Marcelo; olhos atentos no vídeo.

> A situação exige cuidado da população. Recomendamos aos moradores da região citada que permaneçam em casa no período da noite, evitando trafegar a pé principalmente nas imediações das praças Roosevelt e República, do largo do Arouche e da avenida São João. Às pessoas mordidas pelo animal pedimos que comuniquem o fato às autoridades e se dirijam imediatamente ao Instituto Pasteur, localizado na avenida Paulista, para receber a vacina antirrábica. O Instituto está em plantão permanente. Não está descartada a possibilidade de o animal estar acometido de hidrofobia. Existe, por outro lado, a suspeita de o cachorro pertencer a algum morador da região. A polícia está investigando essa hipótese. Causa espécie o fato de, durante o dia, ele simplesmente desaparecer. Com este alerta, não pretendemos de modo algum criar um clima de pânico na população, mas sim prevenir um mal maior. Qualquer informação que possa ajudar a polícia na elucidação do caso será bem recebida. Reiteramos que as autoridades estão...

— Pai, com esse, acho que foi o terceiro moleque de rua atacado pelo cachorro!

— Também, essa molecada por aí solta... não tem família, não tem casa, comida, é complicado...

— Mas, pai, alguém devia fazer alguma coisa!

Raul balança a cabeça:

— É difícil, filho. Isso só vai mudar quando a sociedade inteira ficar cansada dessa situação...

— Mas a sociedade já não está cansada?

— Tá nada, filho. Tem gente que não está nem aí! — diz Leda, entrando na conversa.

— E a polícia? Ela bem que podia pegar o cachorro!

— Cedo ou tarde a polícia vai matar esse bicho, Marcelo, você vai ver...

— Mas enquanto isso os caras vão ficar lá levando mordida?

— Lá onde, meu filho?

— Na rua, pai!

— De onde será que veio esse maldito vira-lata? — pergunta Raul.

— O secretário de segurança pública disse que pode ser de algum morador — comenta Leda. — Vai ver que é mesmo!

— E se for um animal selvagem?

— Como assim, Marcelo?

— Sei lá, pai. Não teve um jacaré que apareceu no rio Tietê? Não tem aquelas capivaras morando na marginal do Pinheiros?

— O Marcelo tem razão — diz Leda. — De repente é um bicho do mato que se desgarrou, ficou sem comida por causa dos desmatamentos e veio caçar na cidade.

— Mas que bicho?

— Sei lá, um cachorro-do-mato...

Os olhos de Camilinha brilham:

— Vai ver que é uma onçona pintadona, feiona, grandona, bravona, malzona!

Maria da Luz está lavando louça na cozinha. Tinha parado de tirar a mesa para ouvir o que dizia o secretário de segurança.

— Viu, dona Maria? — avisa da sala o patrão, em voz alta. — É bom a senhora tomar cuidado quando passar à noite a pé pela praça da República! Tem um bicho solto metendo o dente em todo mundo.

A mulher vem da cozinha com uma faca pontuda de cortar carne:

— Se o lazarento do chifrudo vier, eu pego, corto, furo, rasgo e tiro sangue!

Ninguém entendeu nada.

★

Na manhã seguinte, Marcelo resolve fazer uma experiência radical. Ficar o dia inteiro sem comer para ver o que é sentir fome.

Na hora do café da manhã, Raul está sempre com pressa, pois leva os filhos à escola antes de ir para o trabalho. Leda ainda não acordou, pois entra no trabalho mais tarde. Camila não está nem aí. Dona Maria já colocou a mesa e partiu para a faxina dos banheiros. Ninguém percebe que aquele dia Marcelo não colocou nada na boca.

Na escola, o menino sente-se irritado por nada, sem vontade de conversar com ninguém. É uma sensação de estranheza, como se alguma coisa estivesse faltando. No recreio, às 9h45, hora do lanche, a coisa piora. Não é fácil ficar em volta dos colegas, que comem, riem e conversam. Nunca tinha reparado no perfume delicioso dos lanches. Era gente feliz descascando frutas. Sanduíches. Pedaços de pizza. Bolos embrulhados em papel-alumínio. Barras e mais barras de cereal...

Marcelo passa o recreio enfiado no banheiro. Prefere trancar-se numa cabine, sentar-se na privada e ficar lá quieto, longe daquela comilança.

No segundo período, mal consegue prestar atenção nos professores. Sente muita fraqueza. Enquanto as matemáticas, histórias, ciências e gramáticas passam de aula em aula, sua cabeça só consegue pensar em comida.

Um cansaço desanimado cresce no corpo e na alma do menino.

Leda pega os filhos por volta do meio-dia. Enquanto Camila fala pelos cotovelos, contando o que houve e não houve na escola, Marcelo encolhe-se num canto do carro sem dizer nada.

Para o almoço, dona Maria da Luz tinha feito arroz, feijão, salada, omelete e um bife com queijo derretido por cima. De sobremesa, pudim de tapioca com coco.

Marcelo fica zonzo só de olhar para a mesa posta. Mesmo assim, aguenta firme. Disfarça. Explica que está sem apetite e com um pouco de dor de cabeça. Prefere comer mais tarde.

Enche um copo d'água no filtro, vai para o quarto, fecha a janela e deita-se na cama.

Sua dor de cabeça não é de mentira. Tinha começado na escola, depois do recreio, e veio vagarosa, tomando conta do cérebro.

Prostrado na escuridão do quarto, Marcelo percebe que as mãos e os pés estão frios. A boca fica seca e com um gosto ruim, amarelado.

Resolve tomar um gole d'água. Derruba o copo no chão. Examina as mãos. Estão trêmulas.

Lá pelas cinco da tarde, vem uma vontade incontrolável de chorar. A sensação de que a vida não faz mais sentido. De que seus pais nunca tinham gostado dele. De que é um fracassado, tem um corpo ridículo, não tem nenhum amigo de verdade, vai repetir de ano e seu futuro será, sem dúvida, um completo desastre.

Não é fácil sentir fome!

Marcelo faz força para se levantar e vai cambaleando ao banheiro. Sua urina parece mais escura do que o normal. Sente vontade de vomitar. Mas vomitar o quê? Examina aquela cara de morto-vivo desenhada no espelho.

Volta para o quarto e desaba na cama. De repente, nota que as paredes estão tortas e balançam. O teto começa a descer, descer e descer em cima dele feito um elevador desgovernado.

É quando desiste daquela experiência louca. Voa até a cozinha, agarra quatro pães de forma e prepara dois sanduíches. Dois não, quatro. Mais dois copões de leite com chocolate em pó.

Pelo resto do dia, Marcelo continua estranho, mas o pior vem depois.

★

Marcelo se espreguiça na cama. Espia o relógio na cabeceira. Três e meia.

Sente a testa molhada de suor. Foi um pesadelo daqueles.

Não foi nada real. Não foi briga do vizinho de cima com a mulher. Moto nenhuma passou no Minhocão com o escapamento aberto. Não foi sirene de ambulância nem preocupação por causa de boletim. Seus olhos apenas abriram num estalo.

No sonho, Marcelo jogava bola no campinho do sítio do avô. Era um time formado por seus colegas de São Paulo contra a molecada que morava perto do sítio. Eraldo, naturalmente, jogava no time adversário. O jogo estava equilibrado. No meio do sonho, Eraldo passa por dois adversários com um drible seco e chuta pro gol. Só que sua perna vai junto com a bola e cai na estradinha de terra ao lado do campo. Um vira-lata que vinha passando agarra a perna e desaparece no matagal com ela na boca. Eraldo fica no meio do campo pulando numa perna só. "E agora?", pergunta ele. "Que é que eu faço?" Alguém do time de Marcelo grita: "Não faz mal, vai na loja e compra uma nova!". Eraldo fica aflito: "Mas eu não tenho dinheiro!". O outro não se abala: "Então pega essa muleta emprestado e vamos continuar o jogo." A partida feita de sonho recomeça com Eraldo jogando de muleta. De repente, Marcelo nota que, na verdade, o time de São Roque inteiro tem uma perna só. Todos jogam de muletas. A partir de então, o jogo fica muito fácil. O time de São Paulo deita e rola. Dá chapéu. Dá o drible da vaca. Dá toquinho de letra. Dá lençol. Passa a bola entre a perna e a muleta dos adversários. Estes suam a camisa, dão tudo de si, esforçam-se ao máximo, mas não conseguem nem chegar perto da bola. A goleada é histórica. O time do pessoal de São Paulo enfia um gol atrás do outro. Aquilo revolta. Marcelo agarra a bola com a mão, interrompe o jogo e começa a chorar e a gritar, mas sua voz fica entalada na garganta.

O menino estica o corpo em cima dos lençóis. O ruído do relógio tiquetaqueia alto por causa do silêncio. Sente sono e aflição. Jogo louco!

Ainda deitado, Marcelo dobra as pernas. Cada uma! Como e por que será que nascem sonhos na cabeça da gente?

Resolve tomar um copo d'água na cozinha.

Todos dormem no apartamento escuro.

Ao entrar na sala, percebe que a porta da cozinha está apenas encostada. Uma luzinha dançarina tremula lá dentro.

Escuta vozes. Parece gente falando. Mas quem estaria conversando na cozinha àquela hora?

Curioso, o menino aproxima-se e empurra a porta de leve.

A cozinha, com as luzes apagadas, está iluminada por quatro velas colocadas nos cantos da mesa. Ajoelhada de costas para a porta, com os braços levantados e a cabeça baixa, Maria da Luz reza:

> Forças do mal saídas do inferno
> Que atormentam as ruas da cidade

Vão-se embora pelo poder eterno
Pela força de Deus e a presença
De santo Anastácio
Saiam de volta de onde vieram
Das escuras paragens, do lugar do
Inferno...

O vento uiva e bate, tentando arrombar o vidro.

— Dona Maria!

A mulher levanta-se assustada, apoiando-se na beira da pia.

— Oxente! Você tá aí? — diz ela, ajeitando os cabelos soltos.

— O que a senhora está fazendo?

— Rezando, ué!

— A essa hora?

— Deu vontade.

— A senhora está rezando por quê?

Maria da Luz aperta a boca. Anda pela cozinha. Parece medir o menino com os olhos. Fala baixinho:

— O coisa-ruim anda solto por aí!

— Coisa-ruim?

— Eles dizem que é vira-lata mordendo gente, mas não é não, Marcelo. É o coisa-ruim! É o satanás! O chifrudo da moléstia solto na cidade em forma de lobisomem!

— Lobisomem?

A empregada então fala da existência de homens magros e amarelados, de orelhas compridas, possuídos e governados pelo diabo. Em geral são o filho homem nascido depois de sete filhas. Também podem ser filhos de padre. Filhos de padrinho com afilhada. Ou mesmo de pai que dormiu com a própria filha.

Marcelo arregala os olhos.

Segundo Maria da Luz, nas noites de terça ou sexta-feira, esse povo vira lobisomem e sai por aí, passa por sete cemitérios, volta para o lugar de onde partiu e transforma-se de novo em gente. Sua corrida alucinada dura a noite inteira e vai até o primeiro galo cantar. É o fadário.

— Fadário? — Marcelo nunca tinha ouvido falar nisso.

— É o fado. É a sina. É o destino deles.

Maria da Luz explica que o lobisomem não costuma atacar nem homens nem mulheres adultos. Só crianças e mulheres grávidas. Gosta também de atacar gente velha.

— Tá louco, dona Maria! — exclama Marcelo.

A mulher fala mais baixo. Sua voz mete medo:

— O lobisomem vem dos inferno pra acabar com a esperança. Ele mata o bebê que está dentro da barriga da mulher e mata a criançada miúda; quer dizer, mata a esperança no futuro e o futuro. Sem as criança, Marcelo, quem vai tomar conta do mundo depois da gente?

O menino escuta a mulher, sem saber o que pensar.

— O lobisomem também quer acabar com o passado. Ele detesta os antigos, os mais velhos, porque esses sabem as histórias, o que já aconteceu faz tempo, nos antigamente. Por isso o danado ataca e tenta matar eles tudinho.

Sem a gente de idade, explica a empregada, quem iria lembrar das coisas acontecidas no passado ou contar como as coisas eram antes?

— São os velho — continua ela — que chegam pra gente e dizem: "não faça isso não, filho, que é perigoso, que isso não dá certo". "Olha, não pega esse caminho não que esse caminho eu já peguei e ele não presta!" — Maria da Luz completa: — O povo dos velho fala porque tem experiência, viveu antes da gente, está no mundo faz tempo e viu coisa que a gente não viu. É ou não é?

O menino concorda.

— Sabia que o lobisomem aprecia bosta?

— Bosta?

— Ele come bosta!

Marcelo faz uma careta.

— Por isso — a voz da mulher treme feito luz de vela — o bafo deles fede mais que bicho morto e privada suja entupida. As dentaiada deles é tudo amarela assim!

O menino vai até o filtro pegar água.

— Ô dona Maria, espera um pouco, a senhora acredita em...

— E não? Acredito que nem acredito estar aqui agora olhando ocê! Tem lobisomem solto na cidade sim. Pode assuntar. Tá no jornal todo dia! Tá na cara! Ele só ataca nas noite de terça e nas noite de sexta. E só pega criança, mulher prenhe e gente velha de idade. Pode ver. Nem carrocinha nem polícia nem exército nenhum — sussurra a mulher com os olhos acesos — vai dar conta de pegar! Ele é da parte do beiçudo! É pau-mandado do coisa-ruim!

Marcelo assusta-se com o rosto duro da mulher.

— Se ninguém não fizer nada, muita gente vai morrer!

# 8

Aquela noite, deu na televisão que mais uma criança fora atacada nas imediações do largo do Arouche.

O menino tinha ido ao cinema com o pai na sessão das dez. Na saída — era pouco mais de meia-noite —, quando estavam indo pegar o carro estacionado ali perto, um cachorro enorme e preto apareceu do nada e saltou no pescoço do garoto. Por sorte, seu pai era faixa preta de caratê e conseguiu dar um pontapé na cabeça do animal. Atordoado, o bicho fugiu sem dar um ganido. O homem estava impressionado. Entrevistado pela reportagem, disse que o cachorro era imenso, o maior que ele já tinha visto, cheirava mal e tinha um olhar estranho, quase humano. Explicou que havia acertado a cabeça do bicho e que um chute daqueles teria matado uma pessoa. Segundo ele, o cachorro apenas olhou feio, virou de costas e foi embora. Sua cabeça era tão dura que o sujeito acabou quebrando dois dedos do pé. O menino, Daniel, ferido sem gravidade no pescoço, foi internado no Hospital das Clínicas com um ataque de soluços, provavelmente ocasionado pelo susto.

— Olha, mãe! É o Daniel!

— Que Daniel? Você conhece, Marcelo?

— É ele mesmo! É irmão da Adriana! Foi meu colega de classe até o ano passado. Agora mudou de escola.

— Adriana é aquela altona bonita do oitavo? — pergunta Camila.

— Se não fosse o pai dele — diz Leda —, o coitado não estava mais aqui!

Raul dá um murro no sofá.

— Como é que essa polícia não consegue fazer nada? — resmunga ele. — Cadê o poder público? Cadê a prefeitura? Cadê a carrocinha? Cambada de incompetentes! Deviam botar o exército na rua pra matar esse cachorro!

— Não é cachorro!

Maria da Luz invade a sala com olhos de quem já não aguenta mais.

— Não é cachorro, doutor Raul. Aquilo é lobisomem!

— Quê?

— Lobisomem, dona Maria?

— É, dona Leda! É o coisa-ruim virado em lobisomem! É o lúcifer, o beiçudo da moléstia enfiado em corpo de cachorro. Vocês não sabe, mas é!

O pai de Marcelo sorri compreensivo:

— A senhora... acredita em lobisomem, dona Maria?

— Se acredito?! E não?? Lá em Rio do Antônio tá assim, ó. Vai ver que esse um veio mesmo de lá!

— Lobisomem?

Marcelo observa o jeito dos pais. Olha também para a empregada apertando nervosa o garfo nas mãos. Está preocupada e fala sério.

— Mãe! Tô com medo!

— Não liga não, Camilinha! Lobisomem não existe...

— Não existe o quê! Os cego mais pior é os que não quer saber de enxergar!

A empregada não está para brincadeiras:

— Um dia, faz tempo, lá pras bandas do Caxumé — começa ela — deu de aparecer gente matada. De primeiro foi uma criança. Um toquinho miúdo de gente. Deixaram voltar pra casa à noite sozinha. Morreu com o pescoço tudo rasgado. Depois foi um casal de velho que morava longe, fora da vila. Acharam os coitado morto, machucado tudo assim, a casa cheia de sangue. Teve ainda uma moça que tava prenhe, uma não, duas moça prenhe. Morreu todas as duas de morte matada. O povo ficou apavorado. Veio polícia, veio delegado, trouxeram médico. O doutor explicou que devia ser um tal de maínhaco...

— É *maníaco*, dona Maria.

— Tanto faz o nome, doutor Raul. Só sei que era o próprio lobisomem, pois só queria saber de fazer o mal. Quando foi um dia, tinha uma mulher... Só de falar assim me arrepia tudo... Era uma moça prenhe de sete meses... Aquele barrigão. Pronta pra descansar...

— Descansar de quê?

— *Descansar*, Marcelo, é a mesma coisa que parir. Diz que a coitada saiu de noitinha mais o marido visitar uns parente. Na hora de voltar, os dois foi indo, foi indo, foi indo...

Maria da Luz conta que já era tarde. Que o marido pediu à esposa que aguardasse um instante que ele ia até ali fazer uma coisa e voltava já. A mulher ficou esperando um tempão. Fazia frio, por isso ela embrulhou-se num pedaço de baeta vermelha.

— *Baeta*?

— É um tipo de pano felpudo, Camila.

Por volta da meia-noite, apareceu um cachorro preto. Assustada, a mulher fugiu. Com dificuldade por causa da barriga, conseguiu subir numa árvore. “Me acuda!”, gritava, chamando o marido. Mas o marido não vinha. Saltando furioso com os dentes arreganhados, o bicho tentou pegar a mulher, mas só conseguiu morder o xale de baeta.

A mulher passou a noite inteira trepada no galho da árvore. No fim, o galo cantou e o bicho ruim foi embora. Mais tarde, o marido apareceu. “Por que demorou tanto?”, a mulher reclamou, chorou, quase desmaiou. Contou do cachorro. Dos dentes arreganhados. Do medo. O marido levou a moça para casa.

A família escuta a história em silêncio.

Um ônibus passa lá fora rosnando feito um bicho do mato. Maria da Luz senta numa poltrona com as mãos entrelaçadas:

— Quando foi noutro dia, a moça acordou cedo e olhou o marido dormindo assim de lado. Na boca dele, no meio dos dente, credo!, tava tudo cheio dos fiapo vermelho miúdo. Pedaço de baeta!

— Como isso? — pergunta Marcelo.

— O lobisomem era ele mesmo! — grita Maria da Luz, fazendo o sinal da cruz.

— Ele?

— O próprio marido?

— E não? Deus que me perdoe, mas era! Estava atacando a criançada, as mulher prenhe e a velharada tudinho!

— Mãe, tô com medo — geme Camilinha.

— Isso tudo é bobagem, Maria da Luz! — exclama Raul.

O patrão balança a cabeça.

— O povo da roça — diz ele — é um pouco... ingênuo! Acontecem coisas, o pessoal não sabe o porquê e sai inventando cada explicação que não tem nada a ver.

— Lobisomem é uma espécie de teoria, pai? — pergunta Marcelo.

— É... só que uma teoria furada.

E o patrão prossegue, olhando agora para a empregada:

— Por aqui na cidade, dona Maria, a senhora pode ter certeza, o que tem mesmo é cachorro normal de carne e osso. É vira-lata sarnento solto por aí, que cresce, não tem casa, não tem o que comer, não tem quem cuide e acaba ficando bravo. Fica tranquila que...

— Só tenho paz na hora que o coisa-ruim tiver desenfadado!

— Dona Maria, tem dó! — exclama o patrão. — Como é que a senhora, uma mulher de idade, uma mulher experiente, uma pessoa vivida, pode acreditar numa bobagem dessas?

— Gozado, doutor! Vocês não acredita que os americano subiu na Lua? Oxente! Por que é que eu não posso acreditar no lobisomem?

# 9

Marcelo volta da escola decidido.

Na noite anterior tinha vasculhado a despensa em busca dos jornais velhos da casa. Juntou um monte.

Depois do almoço, prepara um suco de maracujá e tranca-se no quarto.

Horas depois, o menino levanta-se da escrivaninha e examina os recortes de jornal organizados em cima da cama. Está confuso e abismado.

> Arlindo Evangelista de Souza, menor de idade, entregador de pizza, ferido gravemente terça-feira à noite.
>
> Nestor Gonçalves Nascimento, 72 anos, guardador de automóveis, morto sexta-feira à noite.
>
> Derival Izídio Xavier, 12 anos, office boy, ferido gravemente sexta à noite.
>
> Abília Eustáquio Sampaio, 68 anos, aposentada, morta numa quarta-feira de madrugada.
>
> Luzinete Edna Afonso, 23 anos, escriturária, grávida de quatro meses, morta numa madrugada de sábado.

Marta Cardoso Assunção, Sylvio Costa Brandão, Darlan Tinoco Silva, Edmílson de tal...

O menino anda atarantado pelo quarto.

— Não é possível!

Um enxame de pensamentos rodopia tropeçando no medo e na dúvida. Todos os ataques, sem uma única exceção, tinham ocorrido ou nas noites de terça para quarta ou de sexta para sábado. Todas as vítimas, também sem exceção, eram ou crianças, ou mulheres grávidas, ou idosos. Era coincidência demais.

Tudo exatamente como dona Maria da Luz tinha dito e explicado!

Assim que os pais chegam do trabalho, Marcelo aparece com os recortes de jornal na mão. Lê notícia por notícia. Comenta a incrível coincidência de datas. Conta o que disse Maria da Luz:

— O lobisomem só ataca mulher grávida, criança e velho. Olha aqui, pai!

Surpresos, pai e mãe examinam o filho. Onde já se viu ele, um menino de 12 anos, um estudante do sétimo ano, um garoto bem informado, inteligente, que lê jornal, levar a sério uma tremenda besteira como aquela?

— É irracional, Marcelo! Completamente irracional! — diz o pai. — Isso é crendice de gente do mato!

— Mas... e as datas?

— Nada a ver! — diz a mãe. — Esquece essa bobagem, Marcelo!

— E as vítimas sempre do mesmo tipo, que nem dona Maria falou?

— Coincidência, filho. É lógico!

Os pais mandam o menino jogar os jornais fora.

Marcelo volta para o quarto e fecha a porta desanimado.

Era preciso reconhecer que acreditar em lobisomem não fazia mesmo sentido nenhum.

Mas e uma cidade cheia de criança moradora de rua, sem casa, sem comida, sem escola? Fazia sentido?

Na verdade, Marcelo tinha até medo daquela criançada. Medo de ser assaltado. Medo de ser agredido. Ao mesmo tempo, estava na cara: aquilo estava errado. *Por que algumas crianças tinham como viver bem e outras não?*, perguntava para si mesmo. Daniel, o irmão da Adriana, só havia escapado do cachorro porque tinha quem o protegesse. Se fosse um moleque solto por aí, sem pai nem mãe, não teria tido a menor chance.

Outro dia, na escola, o professor havia colocado a questão do menor abandonado em discussão. As opiniões foram as mais variadas.

Uns achavam que deveria ser proibido porque lugar de criança é na escola.

"Mas como?...", perguntavam outros, "... se eles não têm nem família, nem casa, nem roupa, nem o que comer? Ir pra escola de que jeito?".

Tinha gente que achava que os pais das crianças eram gente preguiçosa que não queria saber de trabalhar e largava os filhos por aí de qualquer jeito.

Muitos perguntavam: "Mas e se for um cara sem estudo que não consegue arranjar emprego?".

Uns achavam que o jeito era dar bastante esmola para os pobres.

Alguém disse que a culpa era do governo.

Outros disseram que a culpa era da sociedade inteira.

Discutiram se a pobreza era uma coisa natural ou um problema social.

Teve um colega que disse assim: "Se eles nasceram pobres, é problema deles. Eles que se virem. Cada um cuida de si".

Quase todo mundo concordou que, sem ter chance de estudar, os pobres não conseguiriam arranjar bons empregos e, portanto, não melhorariam de vida.

O Joca, o gaiato da classe, disse que, se o problema era fome, então por que não dar ao povo esses remédios de regime que tiram o apetite?

O professor ficou bravo. Disse que não se deve brincar com a desgraça dos outros. Disse que passar fome era medonho. Queria ver se o Joca morasse na rua, numa casa de papelão, e precisasse pedir esmola ou procurar comida na lata de lixo. Disse mais: todos os que convivem com a miséria são de uma forma ou de outra responsáveis por ela.

"Como assim?" Pediram para o professor explicar melhor e ele deu um exemplo: "Se alguém está passando na rua, vê uma coisa errada e segue reto, sem fazer nada, pode também ser considerado responsável. Por omissão."

Como ninguém sabia o que era *omissão*, ele explicou que, naquele caso, era quando a gente via uma coisa errada, podia tomar uma atitude e não fazia nada.

A discussão durou a aula inteira.

Marcelo concorda com o professor e sonha. Já pensou se de repente ele virasse um super-herói, chegasse voando pelo céu e acabasse com aquela situação? Ele ia arranjar emprego para todos os pais de família desempregados e dar escola para todos os menores abandonados. Com vida familiar decente, casa para morar, estudo e alimento, em pouco tempo essas crianças iam crescer, poder trabalhar em empregos melhores que os dos pais e, no fim, ia ser bom para todo mundo.

A sirene de uma ambulância passa urgente gritando.

A cabeça do menino volta-se para as notícias de jornal. Através delas ficava claro que, tirando uma ou outra, a maioria das vítimas do cachorro era sempre gente pobre.

No fundo, dava na mesma se o tal bicho era cachorro vira-lata ou era lobisomem. De um jeito ou de outro, tinha uma coisa muito ruim e perigosa zanzando pela cidade e bastante gente estava correndo risco de morte.

Os dentes de Marcelo rangem de raiva. Se fosse super-herói, caçava aquele cachorro, pegava seu pescoço e quebrava em trezentos e trinta e três mil pedaços.

Depois do jantar, o menino resolve fazer uma pesquisa nos dicionários. Em casa tinha vários. Uma velha mania do pai.

Pega o *Novo dicionário Aurélio da língua portuguesa* e vai direto na letra L:

> **Lobisomem**, [Do lat. *lupus homo*; "homem lobo".] s.m. Homem que, segundo a crendice vulgar, se transforma em lobo e vagueia nas noites de sexta-feira pelas estradas, assustando as pessoas, até encontrar quem, ferindo-o, o desencante.

Consulta depois o *Dicionário contemporâneo da língua portuguesa*, de Caldas Aulete:

> **Lobisomem**, s.m. Criação fantástica da crendice popular, que consiste em um homem transformar-se em lobo, o qual anda errante de noite até que qualquer o fira para terminar o seu fadário.

Vai para o *Dicionário Houaiss da língua portuguesa*:

> **Lobisomem**, s.m. Segundo a crendice popular, homem transformado em lobo como castigo de seus malefícios, e que vagueia pela noite até encontrar quem o fira, fazendo-lhe sair sangue do corpo, com o que se desencanta.

Encontra ainda um dicionário de Portugal que tinha sido de seu avô, o *Dicionário prático ilustrado*, da Lello e Irmão Editores, com sua capa vermelha:

> **Lobisomem**, s.m. (de *lobo* e *homem*). Homem transformado em lobo que, segundo a superstição popular, vagueia de noite, cumprindo seu fadário; ainda há nas aldeias quem creia em lobisomens.

O menino espreguiça-se na cama.

O problema é que aqueles dicionários eram frios demais. Não explicavam nada direito, nem davam detalhes. Nenhum mencionava, por exemplo, a história de que as vítimas do lobisomem eram sempre crianças, mulheres grávidas e velhos.

Um deles dizia: "Ainda há nas aldeias quem creia em lobisomens."

Dona Maria vinha de uma espécie de aldeia. Dona Maria não acreditava em lobisomem. Dona Maria tinha certeza.

Marcelo se esforça para imaginar a tal criatura. Pensa nas palavras de Maria da Luz. Tenta visualizar uma pessoa peluda, metade gente, metade bicho. Balança a cabeça, desanimado. Realmente não dá. É irracional. Não tem lógica nem cabimento. Ridículo imaginar uma pessoa de repente virando cachorro, saindo por aí mordendo gente e, ainda por cima, comendo bosta!

Lá pelas nove da noite a campainha toca. Raul e Leda tinham saído com um casal de amigos. Camilinha já estava dormindo. Marcelo vai até a sala e abre a porta.

O hall do elevador está escuro. Uma sombra brota na treva. O menino recua.

Um homem magro, de olhos fundos, sobrancelhas grossas e orelhas de abano, surge na sua frente. Veste um paletó surrado, que esconde o corpo ligeiramente curvo. Sua pele é tão amarela que parece estar gravemente enfermo. Fala de cabeça baixa, olhando para os lados:

— A dona Maria da Luz está?

A voz é rouca. O bafo lembra cheiro de esgoto. As unhas são compridas e sujas. Marcelo gagueja qualquer coisa, pede para esperar um pouco, fecha a porta e corre até a área de serviço. Bate na porta da empregada:

— Dona Maria!

Ela já está dormindo.

— Dona Maria! Tem um cara aí procurando a senhora!

A empregada abre a porta e o menino descreve o homem lá fora.

A mulher coloca os óculos devagar e geme:

— É o cão!

Ajoelha-se de olhos fechados e a cabeça baixa, erguendo os braços:

São Romão está em Roma
A cabeça em Portugal
Deus me livre
Deus me guarde
Do cão bravo, cão malvado
Que vem vindo me danar
São Romão sejai comigo
Para sempre do meu lado
Para sempre meu amigo
Amém

Levanta-se, fazendo três vezes o sinal da cruz.

— Não sai daqui enquanto eu não voltar.

Veste o penhoar, pega um saquinho branco em cima da mesa, ajeita o cabelo, respira fundo e vai falar com o homem.

Volta afobada, troca de roupa e, com a bolsa na mão, diz que precisa sair, que não tem jeito, que é agora ou nunca, que Marcelo preste atenção, não diga nada aos pais, que depois ela explica.

— Onde a senhora vai?

— Deus que me proteja e ajude, credo, valei-me, minha Nossa Senhora! Valei-me, meu santo Expedito!

# 10

Uma e meia da tarde. A patroa entra em casa suada e sorridente. Carrega um pacote grande embrulhado com papel azul brilhante.

O aniversário do marido vai ser sábado. Leda tirou os filhos mais cedo da escola para fazer compras com eles.

— Seu pai vai adorar! — fala animada. — Está namorando este terno faz um tempão.

Dona Maria da Luz passa espanador na sala.

— Marcelo — pede a mãe —, esconde o pacote bem escondido. Do jeito que seu pai é curioso, vai xeretar e acabar adivinhando o que é.

E voltando-se para a empregada:

— Dona Maria, pode esquentar o almoço, mas antes de botar na mesa pega o faqueiro de prata pra mim? Está na despensa, na prateleira de cima.

A empregada continua passando o espanador. Trabalha mecanicamente. Às vezes fala baixinho. Às vezes balança a cabeça e geme.

— Dona Mariiiiaaa!

Marcelo está atento.

Depois da visita do tal homem magro de orelha grande, Maria da Luz parece até outra pessoa. Anda calada e séria, sem puxar assunto com ninguém.

No dia seguinte ao da estranha visita, o menino tinha ido falar com a empregada logo cedo, antes de ir para a escola. Queria saber quem era aquele cara. Onde dona Maria tinha ido à noite. O que afinal estava acontecendo?

Maria da Luz respondeu às perguntas do menino com evasivas. Disse que não era nada. Um parente lá do Norte. Uma encomenda para ele levar para Rio do Antônio. Só.

— Mas ele... tinha cara de lobisomem! — sondou o menino.

— Que lobisomem que nada, Marcelo! — respondeu ela, rindo com cara de quem não está achando graça nenhuma.

Dona Maria garantiu que era primo lá da terra dela. Mandou Marcelo esquecer o assunto.

Uma voz alta interrompe os pensamentos do menino:

— Dona Maria! Quer fazer o favor de prestar atenção? Estou há meia hora pedindo pra senhora ir pegar o faqueiro lá na despensa e depois botar o almoço na mesa!

— Desculpe, dona Leda... estava distraída... já vou indo...

A mãe de Marcelo anda cheia de planos:

— Vou fazer um almoço especial no sábado pro Raul. Dá uma olhada no faqueiro pra ver se está tudo em ordem. O pai, a mãe e os irmãos dele também vêm. Acho que vai precisar lavar e dar um brilho nos talheres. Faz tempo que a gente não usa.

Marcelo volta para a sala. Escondeu o presente do pai debaixo da cama. Camila vai pro quarto tirar o uniforme da escola.

Deitado no sofá da sala, o menino observa a mãe e a empregada abrindo o faqueiro sobre a mesa da sala.

— É, dona Maria... Olha aí... não disse? Tudo empoeirado... tudo escuro. Precisa lavar mesmo e dar um brilho. Ué... Cadê a faca grande de cortar carne?

— Tá no fundo, misturada com as outras.

— Não estou vendo não. Bem... a senhora, por favor, lava tudo direitinho, bota em ordem, que sábado vem um monte de visita e...

Enquanto a mãe fala sobre talheres, toalhas e cardápios, Marcelo imagina cachorros metade gente, metade bicho correndo e matando meninos sem-teto, mulheres barrigudas e velhinhos de bengala nas ruas do centro da cidade.

Quando a mãe vai para dentro, Marcelo corre até a cozinha e fecha a porta.

— Dona Maria...

— Ahn?

— Fala sério. Aquele dia... quem era aquele cara?

A mulher tira os talheres da caixa e os coloca na pia. Abre a torneira. Fala de mansinho:

— Uma vez, lá em Rio do Antônio, tinha uma mulher, dona Joana, era costureira, amiga de minha mãe. O marido dela, seu Zeferino, a gente chamava de seu Zé, era um homem bom, trabalhador, mas muito doente. Magro que nem só ele, aquela cara amarelada, tá louco!

Maria da Luz vai falando e esquentando a comida do almoço:

— Dona Joana tinha um filho pequeno. Um dia, de manhã, estava escuro ainda, ela acordou e foi com uma vela ver a criança. Encontrou um bicho dormindo, deitado do lado do berço. Era um porco peludo, beiçudo, fedendo a bosta e enxofre. Diz que ela pegou a criança devagarinho e fugiu. Foi pra casa da mãe que morava perto. Contou tudinho pra família. Então foi o pai mais um irmão e ela. O pai de espingarda, o irmão com uma peixeira. Chegaram e encontraram o seu Zé na cama dormindo. No chão da casa, tava as roupa dele tudo rasgada, cheia de merda, mijo e terra. E ele lá na cama deitadão. Descobriram que, por baixo do lençol, ele estava pelado e todo sujo.

Segundo Maria da Luz, aquilo aconteceu outras vezes, sempre nas noites de sexta para sábado. Até o dia em que o seu Zé sumiu e foi encontrado sem roupa, morto a tiros, na porta de um cemitério.

— Mas como o cara era lobisomem, se apareceu com corpo de porco? — quis saber Marcelo.

— Tem vez que o lobisomem aparece em forma de porco, carneiro e até bezerro preto. Mas sempre fedendo a bosta, correndo atrás de criança, mulher prenhe e velho, com aqueles olhão vermelho que dá medo! O tempo passou — continuou ela. — O filho da dona Joana cresceu...

Dona Maria conta que o menino já tinha uns 17 anos. Que uma noite dona Joana escutou um barulho esquisito dentro de casa. Que ficou com medo. Pulou da cama, pegou uma foice e foi ver o que era. Encontrou um cachorro preto na sala, andando feito louco, rosnando e tentando sair da casa.

— Diz que dona Joana foi com a foice pra cima do cachorro e bateu e cortou e sangrou. Diz que o cachorro foi murchando, murchando, perdendo a forma de cachorro e virou... no filho dela!

— O filho dela?!

— Diz que a mulher endoideceu e começou a gritar: "Matei meu filho! Matei meu filho!".

Segundo a empregada, os vizinhos vieram, levaram o menino para o hospital e ele se salvou, ficou bom e nunca mais teve nada.

— Pra desvirar o lobisomem — explicou ela —, pra desencantar, a gente tem de sangrar!

— Mas fica gente normal de novo?

A mulher olha dentro dos olhos de Marcelo:

— Tem vez que sim, mas tem vez que não.

— Dona Maria! Aquele cara no elevador... era ou não era?

— Era não! — Olha rápido para Marcelo. — Esquece essa história de lobisomem, filho. Escuta bem: isso por aí é só cachorro mesmo, é vira-lataiada mordendo à toa, sem ter por quê, viu?

Marcelo examina a mulher de óculos e rabo de cavalo. O contraste entre suas mãos grossas e os pratos de louça com comida que ela leva para a mesa. A saia comprida estampada. Os pés vestindo meias brancas e chinelos.

Maria da Luz falava de olhos baixos.

Maria da Luz estava mentindo.

# 11

Aquela semana, por pouco dona Maria da Luz não consegue destruir o apartamento inteiro. Quebrou um vaso de estimação da patroa, cerâmica marajoara, lembrança de Belém. Trocou o sal pelo açúcar e serviu um bife à milanesa com gosto de rocambole. Queimou roupa com ferro de passar. Jogou no lixo cartas fechadas e contas que nem tinham sido pagas. Deixou mil vezes o telefone fora do gancho.

Mas o pior aconteceu na sexta-feira.

O patrão entra em casa no fim da tarde batendo porta e atirando o paletó sobre a mesa da sala.

— Leda! Assim não vai dar!

A mulher aparece na sala com o rosto cheio de creme.

— Você não imagina a vergonha que eu passei hoje! Sabe a reunião? Aquela importante com o diretor? Leda! — o homem gesticula pela sala.

— Fala logo, Raul! Não deu certo?

— Eu... Imagine só... Todo mundo sentado na mesa da reunião, o Ronaldo do Atendimento explicando o projeto, os três caras da Votorantim, três diretores além da gerente de comunicações, de repente senti vontade de espirrar. Puxei um lenço do bolso do paletó... — Raul senta-se, com cara espantada, no braço do sofá. — Não era lenço, Leda!

— Não era lenço?

— Era uma calcinha!

— Uma calcinha?

— Uma calcinha de renda preta!

— Calcinha de renda preta? — Leda coloca as mãos no peito. — Era... minha?

O marido não escuta nada.

— Eu não sabia nem onde enfiar a cara! Os caras da Votorantim morrendo de rir. O Ronaldo todo sem jeito. Ah, meu Deus! Isso tinha que acontecer logo comigo?

— A calcinha era de quem?

— Precisava ver a cara da Maria Alice da Votorantim... Ela é a gerentona de comunicação, é quem aprova ou não aprova. Colocou os óculos... me olhou como se eu fosse um rato... Ah, Leda, que vergonha, que vergonha! — E mudando de tom: — Agora eu queria saber como essa maldita calcinha foi parar no bolso do meu paletó! Aliás, *queria saber* não. Eu *sei*! Isso é coisa da dona Maria!

— Uma calcinha... de renda preta... no meio da reunião...

Leda tenta esconder a boca com a mão, mas não aguenta e despenca na gargalhada.

— Ri! Ri da minha cara! Ri, Leda! Quero ver se o nosso negócio com a Votorantim gorar por causa disso...

— Desculpe, Raul, eu estava só imaginando... você limpando o nariz numa...

— Leda, quer fazer o favor de parar?!

Leda enxuga as lágrimas de riso.

— Você acha que foi ela?

— *Acho* não! Tenho certeza! Mandei passar o paletó ontem. Ela deve ter se distraído... sei lá!

Chamam a empregada.

Raul dá uma bronca.

Maria da Luz baixa a cabeça. Reconhece que só podia ter sido ela. O patrão diz que assim não é possível. Reclama feio.

— Como é possível, dona Maria? Essa história pode até me prejudicar profissionalmente!

A empregada promete que aquilo não vai acontecer mais.

O patrão vai tomar uma chuveirada para ver se esfria a cabeça.

Para o jantar, em compensação, Maria da Luz prepara um prato que todos em casa adoram: croquetes. Raul, banhado e mais calmo, conta outra vez, na mesa, com todos os detalhes, a malfadada reunião, descreve a cara do colega, da gerente.

— Uma bobagem como essa pode acabar mal — explica Raul. — Sou funcionário da Normatex há mais de 15 anos. Construí minha vida lá dentro. Hoje tenho um bom cargo e estou muito bem.

Seu rosto fica tenso.

— O negócio com a Votorantim representa muito dinheiro para a Normatex. Milhões!

— Mas, pai — pergunta Marcelo —, a Normatex já não é grande? Você sempre diz que trabalha numa empresa rica...

— E daí?

— Ué — completa o menino. — Se o negócio com a Votorantim não der certo, tudo bem... a Normatex não precisa... já é rica...

— Que é isso, filho?! A Normatex é rica, mas quer ficar mais rica, quer crescer, ocupar espaços, fazer novos negócios, ampliar, expandir, conquistar mercados...

— Pra quê? Ela já não está bem?

— Marcelo, toda empresa quer crescer. Quanto maior e mais rica ela for, mais poderosa ela vai ser e isso...

— Vai crescendo, crescendo, crescendo, crescendo e pum! — diz Camila.

Todos dão risada.

— Mas, se todas as empresas só pensarem em crescer, não vai dar confusão, pai? — pergunta Marcelo.

— Confusão?

— Se a Normatex não parar de crescer, vai chegar uma hora, um dia, faz de conta, mesmo que seja daqui a vinte anos, que ela vai ser a maior companhia do país.

— Ótimo, ué! E daí?

— Ué! As outras empresas vão ter que fechar ou ser vendidas para ela.

— Danem-se as outras empresas! Se a Normatex crescer e for a maioral, se estiver mais rica e poderosa, tudo bem!

— Mas então um dia, se ela continuar crescendo, o Brasil inteiro vai ser empregado da Normatex?

— Que é que tem?

— Isso é bom, pai?

— É!

— E se depois a Normatex fechar ou decidir desempregar todo mundo? As pessoas vão arrumar emprego onde?

Neste momento, o pai de Marcelo aperta os olhos. Enfia a mão na boca. Tira uma coisa branca.

— Que foi, Raul?

— Sabão! É um pedaço de sabão, Leda! — O patrão grita: — Não acredito! Dona Maria!

A empregada vem da cozinha com cara assustada.

— Dona Maria! O que está acontecendo? Achei um pedaço de sabão de coco no meio do meu croquete!

Maria da Luz cobre o rosto com as mãos. Senta no chão. Começa a chorar. Pede desculpas. Aquilo não é sabão de coco. É pedaço de vela. Conta que está nervosa. Desesperada por causa de uns problemas de família, lá em Rio do Antônio. Tinha acendido a vela para rezar um pouco. Foi sem querer. Devia ter caído na comida. Se quisessem mandar ela embora, era melhor.

— Que é isso, dona Maria! — diz Leda.

— Problema de família? — pergunta o patrão. — Por que a senhora não falou nada pra gente?

A família gostava muito de Maria da Luz. Ficou combinado que aquele dia ela não faria mais nada. Ia para a cama mais cedo descansar. Outra hora falariam sobre o assunto.

Toca o telefone. É o pai de Raul. Os dois conversam. Entre outras coisas, o avô manda um recado para Marcelo: Eraldo já estava bem, em casa. A perna finalmente tinha sarado.

Mais tarde, Raul e Leda decidem ir ao cinema.

O casal coloca a filha na cama e sai correndo para pegar a sessão das dez.

Marcelo vai jogar botão na casa de um amigo.

Obedecendo às ordens expressas da patroa, Maria da Luz deixa a cozinha do jeito que está e tranca-se no quarto.

Caio, amigo de Marcelo, mora no prédio quase em frente, do outro lado da praça. Tem uma mesa na cozinha que parece feita especialmente para futebol de botão.

Os dois ficam jogando até umas 22h30, quando, de repente, acaba a luz.

A mãe de Caio aparece com uma vela na mão, furiosa, porque estava no meio de um filme.

No dia seguinte tem aula cedo. Marcelo despede-se do amigo e vai embora pela escada de serviço. Por sorte, Caio mora no segundo andar.

Saindo do prédio, o menino cruza a praça Roosevelt. A essa hora o lugar está deserto e muito escuro devido à falta de energia elétrica. Sente algo estranho no ar. Para e olha assustado.

Do outro lado da rua, passa uma mulher carregando um pacote.

A mulher anda depressa.

Marcelo atravessa a rua correndo, larga a caixa com o jogo de botões na mesa do porteiro e vai atrás.

O pacote, embrulhado com papel azul brilhante, é o presente de aniversário de seu pai.

A mulher é Maria da Luz.

# 12

Onze horas da noite. O movimento na cidade quase morreu. Assim mesmo, um ônibus passa lotado de gente que volta para casa depois do trabalho. Quem conseguiu lugar para sentar vai dormindo e balançando para a frente e para trás, cada vez que o ônibus para num ponto. Automóveis cruzam os sinais com os limpadores de para-brisa ligados por causa da garoa fina.

Apressada, Maria da Luz entra na rua da Consolação e para na frente da igreja.

Escondido atrás de um carro, Marcelo fica só espiando.

A empregada reza com olhos fechados. Aperta o pacote azul brilhante contra o peito. Ajoelha-se e faz o sinal da cruz. Parte rápido, em seguida, subindo a Consolação.

Marcelo vai atrás, mantendo certa distância.

Maria da Luz vai que vai. Parece falar sozinha. Balança vez por outra a cabeça baixa. Na frente do Cemitério da Consolação, fica de joelhos e reza.

O menino examina de longe aquela figura ereta, de rabo de cavalo, ajoelhada na calçada com um pacote azul na mão, enquanto os carros passam de faróis acesos.

Para onde está indo Maria da Luz com o presente de aniversário de seu pai? Para quê? Por quê? O que está acontecendo?

A garoa para de cair.

Uma viatura da polícia para perto de um carro estacionado em local proibido. É um casal de namorados. O carro está com os vidros embaçados. Os namorados, engalfinhados entre beijos e carícias, nem perceberam os guardas, que, mal-humorados, batem no vidro, mandando tirar o carro dali.

— Vamos circular! Vamos circular!

Os automóveis descem e sobem a Consolação fazendo aquele barulhinho de pneu em contato com asfalto molhado.

Na porta do cine Belas Artes, um bando de crianças pedindo esmola corre entre os carros parados no sinal. Com um cano de ferro na mão, um moleque bate furiosamente contra um orelhão. Depois volta-se contra uma árvore pequena, recém-plantada na calçada. Suas folhas voam para tudo quanto é lado. O menino parece travar uma luta desesperada, de vida ou morte. Contra exatamente o quê?

Lá para trás, depois da curva ficaram a praça Roosevelt e a igreja da Consolação. Marcelo está cada vez mais distante de casa. Aperta os dentes.

Maria da Luz não para mais. Dobra à direita no Bar Riviera e segue em direção ao estádio do Pacaembu.

Na esquina da avenida Angélica, uma loja de eletrodomésticos com a vitrine iluminada oferece aparelhos de som, televisores e computadores em suaves prestações. Na prateleira exposta, a televisão de 60 polegadas mostra uma orquestra tocando: o maestro, com gestos largos, rege emocionado. Como a loja está fechada, não há som, apenas imagens.

Na calçada, um casal de mendigos dança uma valsa.

Marcelo para pra ver. A música no ar era a música do trânsito, dos escapamentos, das brecadas, das sirenes e das arrancadas. Entretanto, o casal se move com elegância e sentimento, como se escutasse um som diferente. A imagem do maestro regendo indica o andamento. A mulher, de olhos fechados, usa boné e veste uma calça por baixo da saia esburacada. Seu parceiro, descalço, bem mais baixo que ela, é gordo, com a barba por fazer, e sorri encantado, também de olhos fechados.

Marcelo escuta um ruído.

Um cachorro preto surge na escuridão. O menino estremece. O vira-lata urina na calota de um automóvel estacionado, olha para os lados e some.

Maria da Luz desapareceu.

O menino corre até o fim da rua. Logo adiante, virando a curva, lá vai ela, descendo a rua Buri, rumo ao Pacaembu.

Ali a paisagem muda completamente.

Atrás, a cidade com seus edifícios, sua luz artificial, seus cartazes publicitários pisca-piscando, vitrines exibindo produtos, e barulheira de veículos passando sem parar.

Na frente, ruas arborizadas e escuras, quase sem movimento. Casarões com muros altos. Silêncio de um bairro absolutamente residencial.

Marcelo consegue escutar os passos da empregada, ao longe, na calçada.

*Pra onde está indo dona Maria?*, pensa o menino, cada vez mais preocupado. Que troço louco! Quase meia-noite e ele ali, no meio do Pacaembu, sozinho, andando e andando, seguindo a empregada sem saber para onde nem por quê.

Numa esquina, dois guardas-noturnos conversam, embrulhados em grossas capas de lã cinzenta. Diz um deles:

— Pra mim tanto faz o fim do mundo. O que dá medo é o fim do mês!

★

De vez em quando, um cachorro late dentro de uma casa. Um gato preto cruza a rua desconfiado.

Maria da Luz segue contornando um muro alto, vai até um portão de ferro, empurra e entra no cemitério do Araçá.

# 13

Marcelo quer ir em frente. Quer recuar. Sente o coração galopar dividido em trocentas partes. Olha o céu escuro. Sente o sereno no rosto. Olha para trás. Tanto caminho para fugir, e ele ali parado!

Uma voz dentro dele grita: "Cuidado, cara! Cai fora! Sai dessa! Volta pra casa! Não se mete em encrenca! Para de seguir essa mulher!".

Um ônibus passa barulhento como se estivesse despencando ladeira abaixo.

O tempo é curto.

Outra voz vem do fundo. Quer que o menino vá em frente. "Por que não?"

O medo briga dentro de Marcelo contra a vontade de enfrentar, de desvendar, de compreender e ir até o fim. Enfrentar o quê? Desvendar o quê? Compreender o quê?

Num impulso louco, o menino atravessa a rua, salta o obstáculo amarelo de concreto que divide as duas pistas e corre pela calçada até o portão enferrujado.

Aquela, na verdade, é a parte de trás do cemitério do Araçá, cuja entrada principal fica longe, do outro lado, lá em cima, na avenida Doutor Arnaldo.

O cemitério, um dos mais antigos da cidade, construído nas encostas de um barranco, ocupa uma área ampla, com seus jazigos espalhados entre alamedas de ciprestes.

O portão de ferro range.

Marcelo penetra a casa dos mortos. Encara a massa perturbadora de túmulos, sepulturas, cruzes, estátuas e imagens imóveis entre as folhagens.

Maria da Luz perdeu-se nas sombras.

Apesar da garoa fina caindo outra vez, uma ou outra vela permanece acesa enfrentando a chuva e a escuridão.

O menino enxuga o rosto com a mão.

Bem em frente, uma cruz de cimento inclinada sobre um túmulo parece apontar o caminho.

Marcelo mergulha vagaroso e fascinado naquela cidade morta de arquitetura trágica.

Família Medeiros. Família Junqueira. Família Aguiar. Família Batista. Família Castro e Silva. Família Gonçalves. Famílias e famílias deixavam sua dor gravada na pedra:

> Foste uma flor
> e partiste para enfeitar
> o jardim do Senhor.

Perto, sobre uma sepultura, um Cristo impressionante, em tamanho natural, está sentado, pensativo.

Noutra tumba, a imagem de Nossa Senhora chora encolhida e inconsolável.

Deitada sobre um túmulo, uma mulher de mármore agarra um nome desenhado numa lápide:

> Querido, adorado, amado e inesquecível Nelson.

O menino anda imaginando, por baixo dos jazigos, os cadáveres, os esqueletos, os defuntos, os descarnados, a própria morte. Sente-se constrangido como se estivesse invadindo a intimidade daquela gente desaparecida.

Uma tosse. É Maria da Luz. Marcelo acelera o passo. Parada numa encruzilhada, a empregada risca um fósforo, acende uma vela no chão. Reza de joelhos e com a cabeça entre as mãos. Marcelo esconde-se atrás de um anjo.

Maria da Luz reza, mas, de vez em quando, consulta o relógio de pulso. Está visivelmente aflita.

Levanta-se e procura alguma coisa num jazigo. São roupas. Uma calça velha. Meias. Uma camisa. As roupas estão amarrotadas e cheias de nós.

O menino estica o pescoço para ver melhor.

Com um pedaço de telha quebrada, a mulher cava um buraco no chão úmido e enterra as roupas. Depois, cobre o buraco e bate a terra com o pé. Em seguida, abre o pacote azul brilhante. Arranca com gestos bruscos plástico, etiquetas e adesivos. Vai até o jazigo e coloca a roupa nova no lugar da outra.

Marcelo assiste à cena perplexo.

A empregada suspira fundo. Verifica as horas outra vez. Olha para o céu como que pedindo proteção e auxílio. Esconde-se atrás de um túmulo próximo e fica por ali.

Não resta dúvida. Maria da Luz espera alguém. Ou alguma coisa.

Um vento sopra feio e misterioso.

Olhando em volta, Marcelo descobre a fotografia amarelada de um menino. Casimiro Xavier Marques, 1943-1951:

> Para meu pai fui um consolo
> Para minha mãe fui um prazer
> Eu era tão bom, eu era tão jovem
> Mas tão cedo vim a morrer!

Marcelo morde os lábios. Examina o garoto de olhos grandes, topetinho e um sorriso alegre e frágil impresso na imagem desbotada.

Fecha os olhos. Aquela foto desperta a figura de Eraldo. Parece escutar a voz do amigo, com aquele sotaque caipira, gritando de prazer ao puxar a linha durante a pescaria: "Ê lasqueira! Êita bitelão de peixe!".

Sobre o túmulo de Casimiro, um anjo de bronze espeta um dragão com sua espada.

Marcelo sente-se mal. É medo. Acha que talvez seja melhor dar o fora dali.

É quando o que não podia acontecer acontece.

# 14

Um calor inesperado desembesta estilhaçado na noite fria. O ar fica grosso. Um vulto tenso estoura de chofre nas alamedas da casa dos defuntos.

Um cachorro grande e preto.

Maligno. Elétrico. Patético. Sinistro.

Surge resfolegando impaciente, ganindo, rosnando e fuçando por entre as sepulturas.

Seus olhos são duas tochas vermelhas.

Marcelo sente uma vertigem.

O animal, enorme e arisco, respira com dificuldade, chiando como se estivesse com falta de ar.

Um cheiro de fezes, carne podre e urina cresce venenoso.

A criatura atormentada corre desembestada sem direção, como se fugisse de si mesma ou como se perseguisse o inatingível.

Súbito, para na frente de uma sepultura. Fuça pelos cantos. Levanta a cabeça desconfiado. Estremece. Olha para os lados. Depois, joga-se de costas no chão e começa a espojar-se, esfregando violentamente o corpo contra a terra. Parece estar sofrendo um ataque epilético. Sua boca range e o queixo bate. Nos lábios surge um líquido grosso e esbranquiçado. Esfrega--se e arranha-se, retorce o corpanzil e bate com força várias vezes a nuca contra o solo, numa dança macabra.

Os olhos do menino doem arregalados diante do impossível.

Os músculos do animal começam a derreter-se numa maçaroca. Tremores como ondas vão e voltam sobre sua pele monstruosa.

Marcelo tapa os olhos.

Por entre os dedos, continua olhando.

Em meio a ganidos, fumaça amarela, cheiro de enxofre, gemidos, esgares, sangue, ruídos do corpo, urina e fezes, um espantoso homem magro e nu emerge do chão.

É a metamorfose escrofulosa.

É o lobisomem aparecendo em forma de gente na frente de Marcelo!

O homem-cachorro fica deitado no chão, desacordado. Suas pernas peludas e finas estremecem de vez em quando. Um líquido gosmento escorre pelo canto da boca.

Sempre pelas frestas dos dedos, o menino procura dona Maria da Luz. A mulher ainda está no mesmo lugar, e imóvel — acompanhando o espetáculo.

Depois de algum tempo, o coisa-ruim levanta a cabeça. Treme. Com dificuldade, senta-se no chão. Parece atordoado. Olha para os lados com estranhamento.

O coração de Marcelo titubeia.

É ele! O orelhudo! O cara que apareceu no apartamento procurando por dona Maria!

Agora o sujeito se levanta sacudindo a cabeça. Anda meio zonzo. Parece saído de um pesadelo infernal. Passa as mãos trêmulas no corpo nu. Tosse. Geme. Cospe de lado. Vai cambaleante até o jazigo. Agacha-se.

Ao encontrar as roupas novas, fica perturbado. Levanta a cabeça. Olha em volta. Rosna, ameaçador. Fareja as roupas. Gane. Confuso, examina as roupas de novo. Procura desconfiado por todos os lados. Parece que vê Marcelo.

A barriga do menino vira um nó estrangulado.

O monstro sai andando incerto com as roupas na mão. Baixa a cabeça. Sem alternativa, começa a se vestir. Trêmulo, põe a calça. Veste a camisa novinha de seda branca.

Mas não consegue abotoar. Estremece e cai de costas. De novo um cuspe esbranquiçado espuma em sua boca. Fica no chão de cimento estrebuchando de olhos revirados, os braços abertos e a camisa por abotoar.

Surpreendentemente, Maria da Luz sai de trás do túmulo. Rápida. Sabe o que fazer. Levanta a blusa e puxa da cintura um objeto brilhante.

A faca!

Marcelo reconhece a faca de prata de sua mãe.

A empregada aproxima-se do monstro. Agacha-se. Coloca a faca no chão. Cuidadosa, põe-se a terminar de abotoar a camisa.

Mãos nervosas e apressadas vão tentando fechar botão por botão.

Mas o maldito volta a si e num bote traiçoeiro agarra a cabeça da mulher. Os dois rolam atracados no chão. O homem-animal tenta morder a carótida de Maria da Luz, que, desesperada, segura o pescoço do animal, empurra o cotovelo contra a boca da fera e esperneia, tentando escapar.

São coisas que ninguém sabe nem explica.

Tomado por uma força desconhecida ou, quem sabe, pela própria loucura, Marcelo salta do esconderijo, corre, agarra a faca do chão e, com as duas mãos, enterra-a no peito do monstro, usando todo o peso do seu corpo.

Um grito ecoa lento e lancinante pelas sombras mortas do cemitério.

Os olhos do homem arregalam, vidrados. Seu rosto ilumina-se numa gargalhada de ódio, nojo, rancor e alívio. Por entre os dentes amarelados na boca aberta o sangue brota espumoso.

Maria da Luz, rápida, desvencilha-se do homem e puxa o menino para trás.

— Você aqui?

Paralisado, Marcelo mal consegue respirar.

A pele do homem fica acinzentada. Seu rosto magro incha até deformar. Pedaços de carne começam a se despregar. Um fio de sangue escorre do nariz. O corpo então estremece, vai diminuindo e desfaz-se até virar pó. O cheiro da morte, enxofre, carne podre, urina e fezes toma conta de tudo.

# 15

— Vam'bora, filho. Anda. Vem!

Maria da Luz empurra Marcelo pelo braço.

A imagem da roupa rasgada no chão feito um corpo esfacelado nunca mais irá sair da cabeça do menino.

Marcelo e Maria da Luz vão descendo as rampas e alamedas rumo ao portão de ferro cinzento enferrujado.

Visto de cima, o cemitério parece uma cidade arrasada por um bombardeio. Ali, àquela hora da noite, entre tumbas, destroços, ruínas, cruzes, ossadas, escombros e cadáveres enterrados, o único movimento, o único sinal de vida talvez seja um menino e uma mulher cruzando as alamedas em silêncio.

A cabeça de Marcelo rodopia e tateia desconexa em busca de algum sentido.

Vai caminhando, menos pensando e mais sentindo. Percebe o sopro úmido do vento lambendo sua pele. Repara, como nunca tinha reparado antes, em cada movimento do corpo. Os pés pisando no chão. O ar entrando e saindo da boca. O pulmão indo e vindo apressado. A centralidade da nuca. O movimento sincronizado de ombros, braços e pernas.

Marcelo carrega uma sensação confusa de espanto, incompreensão e alívio.

O aparecimento do lobisomem, a metamorfose, aquele desfecho violento e trágico iam contra tudo o que o menino conhecia, aprendera, vivera, vira e ouvira falar.

Não cabia dentro da lógica. Não fazia sentido. Não podia acontecer.

Mesmo assim aconteceu!

Marcelo caminha entre os túmulos, assustado e orgulhoso por ter feito o que fez.

Se foi loucura ou fantasia, isso ele não sabe.

Podia ser apenas um sonho. Sim. E se Marcelo naquele momento estivesse dentro de um pesadelo?

Vai ver que ele agora não está ao lado de dona Maria, mas sim em casa, num prédio na praça Roosevelt, de pijama, na cama, debaixo das cobertas, dormindo e sonhando estar ali com ela, tentando sair da escuridão sinistra do cemitério do Araçá.

E se tudo não passasse de alucinação? E se tivesse ficado louco?

O medo estremece Marcelo. Sim, ele podia estar maluco!

O menino caminha tropeçando nos pensamentos.

Na realidade ou no pesadelo, na loucura ou na razão, alguma coisa precisava ser feita aquela noite no cemitério do Araçá.

Marcelo foi lá e fez.

Se fosse um super-herói, naturalmente teria sido tudo muito mais fácil. Agora, por exemplo, ele estaria voando para casa, carregando dona Maria nos braços, sobrevoando a rua da Consolação, com a sensação de dever cumprido, tranquilo, longe do lobisomem e daquele ninho de defuntos.

Neste momento, para Marcelo, tanto faz saber o que é realidade e o que é fantasia.

Vê um sapo de bronze sobre um túmulo. Aquela história contada por dona Tidinha estava certa. Para lutar contra os mais fortes, o povo, como o sapo, só tem uma arma: inventar truques e ser muito esperto. Caso contrário, simplesmente será destruído.

O lobisomem podia ser irracional. E é. Marcelo tem certeza disso.

Mas e uma criança passar fome e viver na rua? Também não é irracional?

Marcelo sente uma espécie de orgulho.

Se tivesse sobrevivido, aquele lobisomem, mesmo que fosse um sonho ou um delírio, teria se transformado numa desgraça para a humanidade inteira. Afinal, seu destino era destruir o futuro e o passado. Com isso, o presente simplesmente perdia o sentido!

Marcelo anda e pensa em Eraldo. Que bom saber que o amigo tinha sarado! Sente muita vontade de ir a São Roque abraçá-lo. Quer conversar. Saber dele. Perguntar se está precisando de alguma coisa. Contar que agora a vida vai melhorar. Que ele finalmente tinha conseguido matar o lobisomem no cemitério do Araçá. Sorri. Já pensou na cara do Eraldo?

Sente o braço de Maria da Luz roçando no seu.

Marcelo admira aquela mulher. É uma pessoa boa, forte e honesta. Trabalha duro, mais do que muita gente e mais até do que seria o justo. Não sabe nada de ciência, da história do Brasil, de gramática, de matemática nem das outras matérias escolares. Não sabe ler nem escrever. Mas sabe outras coisas!

Marcelo se lembra mais uma vez de dona Maria descrevendo o paraíso: “Lá não tem mais nem rico nem pobre, nem patrão, nem empregado, nem branco, nem preto, nem amarelo, é tudo igual, do mesmo sangue, que nem irmão da mesma família”.

O menino sorri e espia a empregada a seu lado. Vai lembrando aquela conversa, faz algum tempo, durante o café da manhã: “Diz que lá os rios são de leite, carne assada nasce no chão feito planta, tem lago de mel, e ninguém precisa trabalhar. É lá no paraíso que fica a fonte da juventude. A pessoa bebe e não envelhece mais. Lá a pessoa vive jovem e fica só no bem-bom, passeando, rezando, conversando e festejando. Diz que no paraíso tem forró todo dia. Lá é bom demais da conta!".

*O paraíso é a mesma coisa que o lobisomem*, pensa o menino. Talvez aquele lugar, exatamente como Maria da Luz imaginava, fosse fantasia e não existisse.

E daí?

O que interessa é o sonho e a esperança de construir um mundo que seja melhor para todos!

Talvez fosse aquela a maior lição de dona Maria. Ela não pensava só em si. Ao contrário, pensava nos outros. Para ela, se a vida dela estivesse boa mas a das outras pessoas não, não servia. Por essa razão, a mulher arriscou a própria vida para livrar a cidade de São Paulo do lobisomem.

# 16

Ao lado de Marcelo, Maria da Luz segue quieta. Seu corpo ereto caminha nas alamedas úmidas e escuras do cemitério do Araçá, mas sua cabeça viaja longe. A mais de dois mil quilômetros de distância: está na Bahia. Em Rio do Antônio. Nos antigamentes. Naquela vidinha boa e simples com o marido e a filharada. Acordar cedo, trabalhar duro na roça, preparar a terra, plantar, colher e cuidar da criação. Viver torcendo, rezando e fazendo promessa para o tempo ajudar, para a chuva cair na hora certa. A empregada lembra do cheiro do mato, da lenha queimando no fogão, da terra molhada de chuva, do leite pingando das tetas das vacas. Até o cheiro quente da bosta do curral é uma lembrança agradável para ela. Recorda o milagre diário e silencioso da noite. O céu estrelado, imenso e quase imóvel parado no alto. As plantações de feijão, os pés de milho, cana e mandioca brotando e vingando. E a visita dos parentes no sábado, a tarde inteira proseando ao som do radinho de pilha? E a missa todo domingo, a reza, a comunhão, os hinos — cada um mais bonito que o outro? E as histórias e os causos contados quase todas as noites depois da janta? E os dias de domingo?

Dona Maria esquece que está na casa dos mortos e ri. Lembra da família. Lembra dos compadres. Lembra dos vizinhos. Quanta gente amiga! Quanta gente boa! Todo santo domingo tinha arrasta-pé na casa de alguém. E o feijão da dona Vicentina? E a saudosa tia Eulália? E a cachaça do seu Manezinho do Catolé? Isso é que é vida, meu Deus do céu! Cada domingo, alguém matava um cabrito, um porco e convidava. Vinha todo mundo. Até gente desconhecida aparecia. Depois do almoço, o mestre Armandinho da Nita puxava a sanfona, crescia o som do pandeiro, do triângulo e da zabumba e pronto. E tome baião, samba e calango. O pagode e a folia só acabavam depois da madrugada.

Certa lembrança faz seu rosto endurecer.

Um casebre aparece nítido na cabeça de Maria da Luz. Casa de taipa, telhado de sapé e chão de terra batida. Uma menina magra e comprida parada na porta com duas crianças menores. A chuva boa que não caía para mais de três anos. A terra secou de vez. O gado morreu. O riacho sumiu. O mato escangalhado pelo sol. A família sem dinheiro passando fome. Lembra de uma noite. Uma conversa. Ela e Vitalino. O marido disse que não dava mais. Seu plano era vir com a mulher para São Paulo trabalhar e mandar dinheiro para o resto da família. Disse que não tinha outro jeito. Ela como empregada doméstica, ele como pedreiro. Seis, sete meses de serviço dariam para pagar as dívidas, comprar semente, ração, começar tudo outra vez. Se Deus quisesse.

Na trilha da cidade dos mortos, Maria da Luz revive a dor de abandonar a família, deixar os filhos lá longe. Madalena com 13 anos, a mais velha, cuidando da Lurdes, com 10, e do Valdemar, o Vadico, com 6.

Graças a Deus, a mãe de Vitalino morava perto. Prometeu olhar e dar uma mão para as crianças.

O casal tomou o ônibus e veio para São Paulo. Os meses se passaram. Uma carta. Notícias de Rio do Antônio. Desgraça. O filho caçula, o miudinho, o Vadico, atacado por um cachorro. Ninguém viu. O menino apareceu morto na estrada com o pescoço cortado. Maria da Luz estremece andando. Foi como se naquele dia ela tivesse morrido também. Só lembra que enlouqueceu. Só lembra que saiu pelas ruas gritando "Vadico!".

Deu murro na parede e quebrou a mão. Bateu tanto a cabeça na calçada de pedra que desmaiou. Sentia uma facada no peito ferindo dia e noite. Esqueceu o próprio nome. Não conseguiu mais dormir. O estômago parece que perfurou. Um dia caiu na avenida. E quase foi atropelada por um automóvel. O médico examinou. Deu calmante. Deu antidepressivo. Mandou tocar o barco. Maria da Luz voltou a Rio do Antônio para rezar no túmulo do filho. Acabou ficando por lá. O tempo passou. As filhas cresceram e se casaram. A seca voltou. Sem dinheiro para furar a terra e fazer um poço artesiano e cansados de lutar contra a falta crônica de chuva, ela e o marido, afinal, decidiram vir para São Paulo de vez. Venderam as terras para uma empresa imensa, que logo fez os poços artesianos e, assim, triplicou o preço da terra. Vitalino não durou muito. Em Rio do Antônio era ele quem organizava a Folia do Divino e as festas de São João. Além disso, sabia trabalhar a terra e plantar como ninguém. Lá era famoso, admirado e querido de todos. Em São Paulo, passou a ser um desconhecido, um baiano velho, um pobre coitado que ninguém respeitava e não queria nem para carregar pedra em obra de construção. Com o tempo, Vitalino fraquejou. Uma noite, dormiu e não acordou mais. O médico disse que foi o coração. Maria da Luz sofreu, mas jurou pela alma do marido. Enquanto vivesse. Enquanto tivesse forças. Enquanto sentisse o sangue latejando dentro das veias, ia andar atenta. Ai do lobisomem, se cruzasse seu caminho! Ai do folhará! Ia perseguir. Ia escarafunchar. Ia no rastro dele até o fim. Ela tinha certeza. Não foi cachorro que levou seu filho Vadico embora, não. Foi o lobisomem. Foi o mofento. O trasgo. O beiçudo. O não sei que diga. O tinhoso. O satanás em forma de cachorro de mentira. Só podia ser. E isso ela conhecia fazia tempo, desde pequena, por causa de nhá Zefa, sua avó.

Na lembrança da empregada, a imagem de uma velha, a mãe de sua mãe, aparece nítida como um desenho, encurvada, cabeça branca, pele enrugada, com o pito caído no canto da boca. A voz fanhosa e rouca da avó ecoa no cemitério do Araçá: "Cuidado com o lobisomem! Ele só pega as mulher prenhe, que são a esperança; mata as criançada miúda porque vão levar o mundaréu adiante; caça os veio porque conhecem as história e alembram o acontecido do passado".

Quando soube das notícias do cachorro atacando gente em São Paulo, Maria da Luz não teve dúvida. Tinha lobisomem solto na cidade e ela ia cumprir seu juramento. Não ia deixar, de jeito nenhum, que outras crianças morressem como Vadico morreu. Não ia deixar que mãe nenhuma passasse pelo que ela passou.

Seguindo passo a passo os ensinamentos de nhá Zefa, dona Maria foi sozinha, à meia-noite de sexta-feira, até a praça da República. Esperou o coisa-ruim aparecer. Obedecendo aos conselhos da avó, fugiu escondendo as unhas e os dentes, como manda a tradição, e subiu numa árvore. O cão veio igualzinho como a avó tinha falado. Lá do alto galho, com a mão protegendo a boca — lobisomem não gosta de ver dentes —, dona Maria gritou:

— Te esconjuro, bicho do mal. Passa em casa amanhã que eu te dou sal!

Dito e feito. O animal parou na hora. Acalmou. Abanou o rabo. Gemeu baixinho. Urinou no pé da árvore e foi embora.

No outro dia, dez da noite, o folhará lazarento apareceu em forma de gente, tocando a campainha do apartamento. Maria da Luz deu o pacote com o sal e, em seguida, trocou de roupa e foi sorrateira atrás do homem.

Assim, conseguiu descobrir seu esconderijo no Araçá, lugar onde o danado virava lobisomem.

A empregada sabia, através de nhá Zefa, que, antes de partir para cumprir sua sina, o monstrengo se despia e deixava a roupa escondida em algum lugar.

Quem conseguisse substituir a roupa maldita por roupas novas, nunca usadas antes, podia, com sorte, quebrar o encanto do coisa-ruim.

Bem que Maria da Luz tentou.

Se não desse certo, segundo nhá Zefa, o jeito era sangrar com faca.

Dona Maria examina o menino a seu lado. Sente o coração batendo mais forte debaixo do uniforme. Está emocionada. Marcelo faz lembrar Vadico. O mesmo jeitão quieto. Os mesmos olhos escuros e curiosos. A mesma mania de comer devagar, sentado meio de lado, pensando. Maria da Luz procura os olhos do menino. Parece até que ele adivinha o que vai dentro dela! A dor bruta de ter perdido o filho. A saudade que mata a gente. A vontade invencível de acabar de vez com aquela praga urdida pelo tinhoso.

# 17

Maria da Luz pega a mão de Marcelo.

O menino aperta aquela mão grossa e amiga.

Os dois chegam ao portão enferrujado. São duas e meia da manhã.

Deixando o cemitério, tomam a avenida que sai detrás do estádio do Pacaembu e leva até a avenida Doutor Arnaldo.

A garoa cai fina de novo. A subida é pesada.

Os dois seguem devagar.

Marcelo continua sem certeza de que está ali ou em seu quarto, de pijama, dormindo na cama.

Em compensação, aprendeu com dona Maria o sonho, sempre aqui e agora, de lutar para tentar deixar a vida e o mundo um pouco melhor.

Um rangido arrastado raspa o asfalto.

É um carrinho de madeira carregado de bugigangas e restos recolhidos na rua.

Puxado por um vulto enrolado num cobertor, vai subindo logo à frente, levando jornais, pneus, garrafas, latas, pedaços de madeira, fios elétricos, arames, caixas de isopor, caixas de papelão, e até uma vitrola velha amarrada cuidadosamente num canto.

Devido ao peso, o carrinho sobe a rua devagar.

O vulto vai curvado para a frente, de cabeça baixa, vagaroso, concentrado por causa do esforço físico.

Um apito de guarda-noturno corta o ar.

Marcelo olha para Maria da Luz.

— Vamos dar uma mão pro cara? — sugere o menino, tanto faz se lá no sonho ou aqui na realidade.

— Vamo! — responde ela.

Menino e mulher agarram o carrinho por trás.

Dentro, ajeitada perto de um vaso sanitário, caixas de papelão e latinhas amassadas de cerveja, dorme uma criança. Um recém-nascido encardido e pequeno de chupeta na boca e nariz pingando. Pode ser irmão do dono do carrinho. Talvez seja filho.

Marcelo vira-se, apoiando as costas na traseira de madeira. Assim consegue apoiar-se melhor nas pernas e dar toda a força que tem.

Graças à ajuda dos dois, em pouco tempo o carrinho chega rangendo à avenida Doutor Arnaldo.

O menino e a empregada vão para a esquerda, a caminho da rua da Consolação e do centro da cidade. O vulto dobra à direita, na direção da Lapa.

O vulto, agora se vê, é uma menina. Deve ter uns 15 anos de idade.

Marcelo e Maria da Luz ficam parados na calçada espiando o carrinho que se afasta.

A menina não vira a cabeça, mas uma mãozinha encardida com as unhas pintadas larga por um instante a barra de madeira onde se apoia e faz um gesto de agradecimento, com o polegar virado para cima.

Marcelo sente que a partir de agora é outro Marcelo.

# ZÉ PEDRO E SEUS DOIS AMORES

ntônio E de Carvalho

# 1

**ERAM** mais de dez horas de uma manhã fria de inverno, lá pelo fim dos anos 1990. A turma jogava futebol durante a aula de Educação Física. Sentado num banquinho verde de madeira, o professor observava o jogo. O frio estava de lascar.

A turma dos camisas brancas tem a posse de bola. Avelino passa para Rogério, que dribla o adversário, finge que vai chutar no gol, mas deixa de ladinho para Zé Pedro, que domina e enche o pé. A bola vai alta, longe do gol, cruza o muro e cai no telhado atrás da escola.

O professor deu um murro no joelho:

— Outra vez! — gritou, cuspindo o apito. — É a segunda que você manda no vizinho, caramba! Quer fazer o favor de tomar mais cuidado?

O menino, suado, fez um gesto de positivo com a mão, virou o rosto e deu uma risadinha malandra para os colegas.

O professor foi pegar outra bola. O jogo recomeçou.

O ataque de camisa azul quase marca um gol. O goleiro camisa branca recoloca a bola em jogo. Eliardo mata no peito e passa para Michele, que ameaça correr para a frente, mas toca a bola para trás, de calcanhar. Zé Pedro aparece em alta velocidade e chuta de bico. A bola voa direto para as nuvens, descreve um triste arco no céu e desaparece longe, na casa do vizinho.

— Foi de propósito! — gritou o professor, abrindo os braços. — Tenho certeza que foi! Zé! Você está chutando a bola pra fora de propósito!

— Que é isso, seu Milton! Foi sem querer. Fui dar de bico e peguei a bola muito embaixo!

O professor apertou os olhos, resmungando. Os outros alunos disfarçaram o riso.

— Na próxima, quem vai pra fora é você! — ameaçou, esfregando as mãos por causa do frio. — Chuto você direto pra diretoria!

Outra bola entrou em campo.

Zé Pedro sabia que era melhor tomar cuidado. Já tinha ido para a diretoria na semana passada. Tudo por causa do Dirceu. Durante a aula de Matemática, Zé Pedro teve a má ideia de desenhar um esqueleto. E ainda escreveu embaixo: "Pobre Dirceu: chegou, peidou e morreu." Amassou o papel, fez uma bolinha e atirou na cabeça do colega.

A professora, de costas, resolvia um problema intrincado na lousa.

Dirceu pegou o papel e desamassou. Com a esferográfica vermelha, acrescentou qualquer coisa no desenho, sorriu, fez outra bolinha e mandou de volta com um olhar malicioso. Zé Pedro agarrou o papel no ar e abriu. Nesse instante, a professora virou-se.

— Zé!

Se pudesse, o menino fazia aquela bolinha de papel desaparecer da face da Terra. Se pudesse, engolia o papel ali mesmo, com desenho e tudo.

— Que é isso, menino?

— Isso o quê?

— Esse papel na sua mão.

— Papel?

— Dá aqui.

O menino enfiou a bolinha de papel no bolso da camisa.

— É só um papelzinho em branco à toa.

— Traz aqui.

— Está todo amassado, professora. Espera aí que eu arranjo um novinho para...

— Traz já aqui! — gritou ela.

Dirceu enterrou a cabeça debaixo dos braços.

Ao abrir o bolinho de papel, a professora empalideceu. Depois, ficou vermelha feito mercurocromo. Dirceu tinha acrescentado o que não devia entre as pernas do esqueleto.

— Moleque!

A boca da mulher tremia. Para ela, o culpado era Zé Pedro.

— Safado!

Era e não era.

A mulher berrava:

— Sem-vergonha, vagabundo, mal-educado!

Lá foi Zé Pedro parar, outra vez, na diretoria.

Agora, no meio do jogo, essas lembranças martelavam seu pensamento. Melhor tomar cuidado. Ir de novo para a diretoria podia acabar em suspensão e outros problemas.

A bola, a quarta do dia, já estava rolando.

Alcy manda para Zé Pedro que, mais que depressa, livra-se dela tocando para Ivan. Este consegue driblar um adversário e passar para Ono, que dá um lençol em seu marcador, avança pela direita e cruza. Alcy aparece no meio de dois e acerta um sem-pulo direto no gol. O goleiro espalma espetacularmente, a bola espirra e cai justo no pé de Zé Pedro. O menino levanta a cabeça, calcula, capricha, faz mira, tenta chutar colocado, mas a bola, com muito efeito, gira no ar, sobe e — lástima — vai direto para o quintal do vizinho.

— Essa não! Agora chega! Moleque! — As veias pululavam de raiva no pescoço vermelho do professor. — Sai do jogo! — berrava ele, com o dedo em riste. — Fora!

O medo tomou conta de Zé Pedro. Imaginou a bronca em casa. Imaginou a mãe tendo que faltar outra vez no serviço para vir à escola ouvir mais reclamações e ameaças.

— Foi sem querer, seu Milton! Eu juro, pô!

O professor não estava para brincadeiras.

— Cala a boca! Toca pra diretoria!

Surpreendendo a todos, Zé Pedro correu, trepou num arbusto e, em segundos, estava no alto do muro.

Seu Milton foi atrás:

— Desce daí, menino!

Os outros alunos ficaram parados em campo.

— Eu joguei a bola. Eu vou pegar!

O professor ainda avisou:

— O muro do lado de lá é mais alto! Desce daí, Zé, cuidado, o...

Não houve tempo para nada. Zé Pedro passou para o lado do vizinho, onde havia outro telhado. Ouviu-se um estrondo. O telhado arrebentou. O menino desapareceu num baque surdo.

# 2

Podia ter sido muito pior. Zé Pedro machucou os braços ao passar raspando pelas telhas quebradas, ficou com um joelho inchado, um vermelhão ardido nas costas e dois ou três galos na cabeça. Só. A altura era grande, mas o menino conseguiu cair justo numa espécie de depósito de lixo dentro da garagem do vizinho.

Na escola, a correria foi geral. O professor de Educação Física gritava. O diretor apareceu colocando os óculos. Alguém mandou chamar um médico. Todos estavam assustados. Carregaram Zé Pedro para a enfermaria embrulhado num cobertor. O médico chegou logo, fez um exame completo, limpou as feridas e preparou os curativos necessários. Achou melhor o menino ficar deitado ali, descansando até o final das aulas.

Apesar de aparentemente estar tudo bem.

Apesar de não estar doendo quase nada.

Apesar de nem ter levado bronca do diretor, que, aliás, deu graças a Deus quando viu que seu aluno tinha escapado ileso de um acidente que podia ter sido fatal. Assim que o sinal tocou, Zé Pedro pegou suas coisas e saiu da escola bastante contrariado.

Pisando forte nas pedras da rua, não queria saber de papo nem de conversa com ninguém.

Os colegas comentavam o acidente.

— Tá doendo aí?

— Deixa eu ver?

— Você é louco, cara!

Todos queriam saber como Zé Pedro estava.

O menino foi se desvencilhando de todo mundo.

— Vai assistir ao jogo domingo? — perguntou outro colega encostado no portão de ferro.

Zé Pedro não disse nem "sim" nem "não". Afastou-se e quase correu para pegar o ônibus na rua Augusta. Ao cruzar com Camila, descendo a rua também, fingiu que não havia visto a menina, fez cara de sofrimento e começou a mancar.

O ônibus chegou rangendo. Camila passou e seguiu a pé pela rua Augusta na direção contrária. O menino sentou-se ao lado de uma mulher magra e alta, muito pintada, usando um penteado imenso que mais parecia um bolo de aniversário.

Ao espiar a cabeleira oxigenada dela, Zé Pedro ficou com os olhos cheios de lágrimas. Começou a imaginar quantos tipos de cabelos e penteados existiam no mundo em que vivemos. Lembrou-se dos cantores de rock com seus topetões maravilhosos, com seus cabelos compridos presos em rabos de cavalo ou então eriçados em cima e aparados rentes num dos lados.

Lembrou-se do seu Juvenal, um vizinho aposentado, que usava cabelo escovinha e vivia na calçada, jogando palitinho e olhando as pernas das mulheres.

Pensou nos homens das cavernas.

Pensou num pianista que apareceu, um dia, num programa de televisão: uma figura pálida, tocando com cara risonha e triste e uma cabeleira lisa escorregando pelos ombros.

O ônibus se arrastava pela avenida Nove de Julho. Da janela, o menino viu um mendigo catando coisas no lixo. Para seu tio Henrique, irmão de sua mãe, mendigos nunca ficavam carecas.

— Pode se matar de procurar — dizia ele. — Sabe onde você vai encontrar um mendigo careca? Em lugar nenhum!

Segundo ele, calvície era coisa de gente rica. Não existiam nem nunca tinham existido mendigos carecas.

O menino fixou os olhos na cabeleira do mendigo, um mulato alto e muito magro com uma verdadeira floresta amazônica espetada na cabeça.

*E o Einstein, com aquela cabeleira branca despenteada?*, lembrou ele. O Einstein tinha sido rico ou tinha sido pobre? Pela cabeleira, não devia ter dinheiro nem para comprar um copo d'água. *Como o mundo é injusto!*, concluiu o menino, escandalizado. *Um cientista importante viver assim na miséria, sem um tostão furado!* Zé Pedro sacudiu a cabeça diante de uma lembrança: e os índios pelados, com aquela imensa juba e sem um tostão no bolso?

O menino observou a mulher a seu lado. Pelo penteado devia ser podre de rica, uma milionária dessas muquiranas que podiam perfeitamente sair por aí num carrão importado zero quilômetro com motorista particular, mas preferiam andar de ônibus só para economizar.

Zé Pedro passou a mão na cabeça. Seu rosto ficou desanimado. Será que sua sina era ser pobre? Com uma cabeleira daquele tamanho, tudo indicava que sim. O pior é que ele não queria nem podia cortar o cabelo de jeito nenhum.

O moleque tinha uma certeza certeira e absoluta.

A parte mais bonita, a parte mais importante e interessante, a única coisa que valia a pena, o melhor pedaço de seu corpo e mesmo da pessoa dele inteira era, sem dúvida, seu cabelo. Zé Pedro tinha uma cabeleira comprida, jeitosa, forte, ondulada, inesperada e rebelde, num tom castanho quase avermelhado.

O menino era o pior aluno da classe, malcomportado, bagunceiro e ainda por cima pobre. Não tinha roupa bonita como todo mundo. Não tinha carro para ir e voltar da escola. Não tinha caneta-tinteiro, estojo de couro, camiseta com escritos em inglês, óculos escuros, tênis de marca, nada, nada, nada. Até seu nome era comum: José Pedro Silveira. Na lista telefônica, pensava ele, devia ter tanto Silveira que dava a impressão de que, se alguém andasse na rua, parasse e gritasse "Silveira!", metade da cidade ia responder "o quê?" ao mesmo tempo.

E sua casa? Desiludido, Zé Pedro coçou a cabeça com a unha do dedão. Sua casa era vergonhosa perto da casa de seus colegas. Morava numa quitinete minúscula, ele e a mãe, na rua Itapeva, ali no Bixiga. Sua televisão, daquelas antigas de válvula, era em branco e preto. Não tinha aparelho de som nem videogame nem telefone.

— Nem telefone! — suspirava o menino, inconformado.

Computador ele tinha, mas vivia travando e dando pau.

Sua mãe trabalhava no departamento pessoal do Centro de Saúde São Benedito, no período da manhã, e era costureira o resto do tempo. No pai Zé Pedro nunca pensava.

Na verdade, só frequentava aquela escola graças a uma bolsa de estudos conseguida a duras penas pela mãe. O menino evitava revelar que não tinha pai e que a mãe era uma simples auxiliar de escritório. Quando, durante a aula, o assunto *profissão* aparecia, preferia contar que ela trabalhava no Centro de Saúde São Benedito sem dizer em quê. Falava isso de boca cheia para todo mundo pensar que ela era médica.

O menino deu o sinal e desceu do ônibus na praça Catorze Bis. Seguiu com a mochila nas costas e com as mãos no bolso por causa do frio. Andava angustiado por duas razões.

A primeira: precisava entregar, na próxima aula de Português, uma redação com o seguinte tema: "Minhas últimas férias". O trabalho era para nota. Acontece que Zé Pedro não tinha viajado para lugar nenhum nas férias. Aliás, durante toda a vida, ele só tinha viajado uma vez, quando sua mãe foi operada de apendicite, tirou licença e os dois ficaram uma semana morando na casa do tio, em Guaratinguetá. Mas isso fazia tempo.

Escrever o quê, se não havia nada para contar? O pior é que precisava tirar uma nota boa. Tinha ido mal na prova de gramática e matado aula, sem querer, justo no dia da chamada oral.

A segunda razão era uma verdadeira desgraça.

A segunda razão era pior que uma bomba atômica caindo na vida de Zé Pedro.

Uma sombra escura invadiu o rosto do menino.

Na escola, o médico, um cara sem um fio de cabelo e com a boca grande, havia examinado o menino de cima a baixo e, depois dos curativos, deu a péssima notícia: estava tudo em ordem, Zé Pedro não tinha quebrado nenhum osso, os ferimentos não eram graves, não ia precisar dar ponto, mas havia um porém, a cabeça de Zé Pedro estava cheia de lêndeas e piolhos. O médico explicou que aquilo podia infestar a escola inteira e, com uma cabeleira daquelas, não tinha jeito: o remédio era rapar careca.

# 3

Zé Pedro morava num prédio de quatro andares, sem elevador. O edifício antigo tinha originalmente dois apartamentos de bom tamanho por andar, mas o proprietário fizera uma reforma transformando os dois apartamentos em oito cubículos tipo sala, cozinha e banheiro.

A mãe de Zé Pedro levantou, ela mesma, com martelo e pregos, uma divisória de madeira compensada transformando a sala em dois ambientes: o quarto onde dormia com o filho e uma minúscula sala de estar com a máquina de costura, um sofazinho, a televisão e o computador pifado.

Naquele dia, Zé Pedro entrou em casa chutando porta, atirou a mochila num canto e caiu morto de costas no sofá. Ficou examinando o teto. Por ele, não contava nada para a mãe. Por ele, lavava bem o cabelo com água e sabão ou passava algum remédio, qualquer coisa. Mas o diretor disse que com aquela juba ele não punha mais os pés na escola.

Um latido grosso penetrou pela janela fechada da sala. O vozeirão vinha de fora. Esparramado no sofá, o menino sorriu respondendo com um assobio forte.

O latido continuou mais animado, depois virou uma voz estridente e começou a cantar com um sotaque forte:

> É pau, é pedra, é o fim do caminho...

O menino abriu a janela. O ar soprou gelado em seu nariz.

Na área de serviço do prédio ao lado, um papagaio, dançando para lá e para cá sobre o pau do poleiro, cantava a plenos pulmões com as asas abertas.

Zé Pedro ficou observando e pensando. Como é que um bicho de penas, um animal irracional, um simples pássaro, conseguia latir feito cachorro e, ainda por cima, cantar bem daquele jeito?

É um resto de toco, é um pouco sozinho...

Ao perceber o menino olhando, o papagaio fez mais estardalhaço ainda.

Zé Pedro teve que fechar a janela por causa do frio. Sua mãe costumava voltar do trabalho entre uma e uma e meia da tarde. Estava quase na hora.

Sentado diante da televisão desligada, o menino lembrou-se de uma tragédia antiga. Tinha lido na Bíblia, guardada na penteadeira, a história dramática e terrível de Sansão. A mãe do grande herói não podia ter filhos. Um anjo desceu do céu e anunciou que ela teria uma criança. Mas o anjo mandou tomar muito cuidado. Nada de passar a tesoura nos cabelos do bebê que iria nascer. O anjo explicou que a força de Sansão estaria justamente nos cabelos. O tempo passou. O menino nasceu e cresceu. Era forte como um dragão. Chegou a lutar desarmado contra um leão e venceu com o pé nas costas.

Conforme ia se lembrando da história, Zé Pedro imaginava aquele herói elegante, com sua soberba cabeleira esvoaçante, enfrentando sozinho e vencendo, a tapas, socos e pontapés, um exército inteiro de filisteus, seus piores inimigos. Mas...

Três rugas surgiram na testa do menino.

Sansão casou-se com Dalila, e Dalila era a pior traidora, uma bandida, amiga íntima dos tais de filisteus. E a megera tanto fez, tanto falou, tanto fuxicou, tanto insistiu perguntando e perguntando qual o segredo daquela força extraordinária, que um dia, cansado, o herói acabou revelando tudo.

Não deu outra.

Dalila foi correndo avisar seus amigos filisteus. Os bandidos armaram um plano. Enquanto Sansão dormia, a mulher traiçoeiramente cortou seus cabelos, os filisteus vieram, prenderam o pobre herói e arrancaram seus olhos fora!

Os olhos de Zé Pedro agora estavam molhados ao imaginar o grande guerreiro cego, careca, murcho e raquítico tomando pancada dos felizes filisteus.

No fim, os bandidos prenderam o herói e, para comemorar, deram uma festa. Ninguém percebeu, mas o cabelo de Sansão já estava crescendo de novo. O infeliz ficou acorrentado na parte de baixo do castelo. No lugar havia duas colunas grossas sustentando o edifício inteiro. A Bíblia conta que o herói respirou fundo, concentrou-se, reuniu toda a sua força, arrebentou as correntes e, em seguida, derrubou as colunas com as próprias mãos, fazendo o castelo desmoronar. Não sobrou nada nem ninguém. Morreram Sansão, Dalila e aquela cambada desgraçada de filisteus.

Zé Pedro soluçava em silêncio, deitado no sofá.

Quanta desgraça! Quanta tristeza! E tudo por quê? Porque uma linda cabeleira, cultivada anos a fio, havia sido destruída traiçoeiramente...

Zé Pedro cobriu o rosto com as mãos. Não queria mais ficar se lembrando daquela história. Sentiu raiva da Bíblia e de todos os livros. Gostava de ler, mas naquele momento, se pudesse, pegava tudo o que havia lido e jogava no lixo. Na verdade, nem era para ele gostar de ler. Antes, preferia mil vezes assistir à televisão, como todo mundo. Acontece que o aparelho de sua casa, além de ser branco e preto, era antigo e não funcionava direito. Sua mãe não tinha dinheiro para mandar consertar, muito menos para comprar um novo. Resultado: como nem sempre o aparelho sintonizava bem, o menino, sem ter o que fazer à noite, começou a retirar livros na biblioteca da escola e levar para ler em casa. Acabou acostumando. Sua mãe aproveitava e também lia, e assim os dois passavam a maioria das noites. Era até bem gostoso.

Agora o menino sentia raiva. Raiva do azar. Raiva do tombo. Raiva de ser pobre. Raiva dos piolhos. Raiva dos livros sempre cheios de histórias como aquela do Sansão. Era uma boa história, mas, puxa vida, mexia demais com os sentimentos de qualquer cabeludo.

— Pedrinho!

Dona Sueli havia entrado em casa sem Zé Pedro perceber e ficara assustada ao ver o filho chorando com os braços machucados. O menino contou, mais ou menos, o quc havia acontecido enquanto a mãe preparava dois ovos fritos e esquentava o arroz. Ambos comeram na cozinha, em silêncio. A mãe, por estar cansada. Zé Pedro, por estar preocupado. A mãe trouxe um bombom de sobremesa para o filho.

Depois do almoço, dona Sueli escovou os dentes e foi trabalhar na máquina de costura. O menino ficou na cozinha lavando louça.

— Mãe...

A mulher, com o pé no pedal da máquina, não ouviu.

— Mãe! — gritou ele na cozinha, com a torneira aberta. — Já inventaram a cura do piolho?

A mulher parou de costurar.

— Como assim? — perguntou, ajeitando melhor o tecido na máquina.

— Piolho tem remédio?

— Tem, ué... claro! — respondeu ela, acelerando de novo. — É só pegar uma tesoura bem afiada e arrancar fora o cabelo do piolhento...

O menino estremeceu.

— Não sei não, mãe. Acho que... que isso era no seu tempo — arriscou, esfregando a frigideira com uma palhinha de aço. — Hoje em dia, com a ciência moderna, na farmácia... lógico que deve ter um remédio que...

— Ter, tem, Pedro, mas e o preço? — A mulher falava prendendo duas agulhas entre os lábios enquanto, com a tesoura, desfazia uma parte da costura que havia ficado torta. — Custa caro e, fora isso, dá muito trabalho. O Neco, filho da dona Guilhermina, pegou piolho. A coitada — continuou ela — gastou um dinheirão com a loção, teve que passar na cabeça do menino não sei quantas mil vezes, catar lêndea por lêndea e ainda lavar lençol, fronha, essas coisas, todo o santo dia! Não dá... nesse caso, o melhor mesmo é...

A mulher desapertou o pedal da máquina.

— Por quê?

— Nada não — disfarçou o menino, enxugando a louça com pressa. — Perguntei de bobeira, só por perguntar...

Dona Sueli apareceu na porta da cozinha.

— Você pegou piolho, José Pedro?

O menino fez uma triste careta de sim.

## 4

Aquela foi a pior noite de todas as noites dos 13 anos de vida de Zé Pedro, pelo menos que ele lembrasse. Parecia uma desgraça assassina desabando do alto do céu em cima de sua cabeça. Parecia uma espécie de tortura chinesa. Ele na cozinha fria, sentado num banquinho, com o abajur improvisado em cima da pia para iluminar melhor, assistindo à sua linda cabeleira fio por fio, cacho por cacho, chumaço por chumaço, simplesmente evaporar, despencando pelos lados, pipocando aos borbotões, destroçada pelas cruéis tesouradas da mãe. Dona Sueli completou o estrago com água morna, sabão e o barbeador que ela usava para depilar as pernas.

— Credo, quanta lêndea! — exclamava a mulher, abismada, examinando a montanha cabeluda amontoada num canto da cozinha. — Onde você foi arrumar tanto piolho, menino do céu?!

A mulher ria da cara desesperada do filho.

— Não ficou tão mal assim! — disse ela. — Do jeito que estava, nem dava mais para ver seu rosto! Olha aí — completou, com um espelho na mão —, até que você ficou lindo!

Zé Pedro chorava olhando aquela cara de minhoca branca refletida no espelho. O pior era saber que aquilo ali era ele. Aquela coisa pelada, aquele rato branco nojento, depenado e desprotegido era ele! O menino não compreendia como podia haver gente que gostava de raspar o cabelo de propósito. Como um craque fabuloso feito Ronaldo Fenômeno, um dos maiores goleadores do mundo em que vivemos, podia fazer uma coisa daquelas em cima da própria cabeça? Era pior do que dar um tiro no próprio pé! Lembrava-se do triste fim de Sansão, careca, traído e humilhado como ele. Agora nem mesmo arrancar os cabelos de raiva ele podia, pensava inconsolável.

Lembrou-se de Dalila e sentiu mais raiva da mãe. Como as mulheres às vezes conseguem ser tão poderosas e desumanas?

Mais tarde, deitado na cama, Zé Pedro apalpou a careca sem conseguir dormir. Escutou o barulhinho da máquina de costura trabalhando na sala, mas o pior ruído era o dos seus próprios pensamentos.

Imaginava-se andando na rua, os automóveis passando e as pessoas apontando para ele e rindo.

Imaginava-se chegando à escola despido de sua jeitosa cabeleira. Imaginava todo mundo caçoando. Zé Pedro soluçou baixinho. Quem era ele, sem cabelo? Um nada. Um porcaria. Um pivete magrela, fraco, pobre, metido a espertinho, sempre com a mesma roupa velha remendada e com aquele mesmo tênis mixuruca de sempre, furado e barato, sem marca nem nada.

Imaginou a cara de Camila desolada olhando para ele, com ar de pena.

Todo começo de ano era a mesma coisa. Zé Pedro dava um jeitinho de arranjar um lugar na classe perto de Camila. Gostava da voz de Camila. Do cheiro de Camila. Do jeito com que ela ajeitava os cabelos. Das orelhas e do pescoço. Da mancha que a menina tinha perto do cotovelo. E principalmente dos olhos de Camila. E também do sorriso. Era o sorriso mais franco, mais meigo, mais doce e mais suave da escola inteira. O sonho do menino era um dia, talvez, quem sabe, mais tarde, de repente, chegar e dizer tudo isso para ela. Mas e a coragem?

Zé Pedro achava que não tinha a menor chance.

Enquanto a máquina de costura trabalhava na sala, o menino soluçava baixinho com o rosto apertado no travesseiro. De vez em quando tossia e espirrava. Com Zé Pedro era sempre assim. Bastava uma contrariedade, ficar triste ou zangado com alguma coisa e pronto. Lá vinha sempre um resfriado para piorar as coisas.

E o menino começou a lamentar a vida e o mundo. Preferia não existir, despencar num buraco de elevador, morrer atropelado por uma jamanta, ser assassinado por um pastel estragado, cair naquele bueiro grandão da Nove de Julho e sumir. Queria desaparecer para sempre da face da Terra, porém só depois de domingo. É que no domingo seria televisionado, diretamente de Buenos Aires, um dos maiores clássicos do futebol sul-americano, mundial e — por que não dizer? — universal: Corinthians × Boca Juniors!

Os olhos do menino, que antes brilhavam por causa das lágrimas, agora brilhavam de paixão. E Zé Pedro ficou de barriga para cima examinando o teto. Imaginou o estádio lotado. Escutou a torcida cantando e gritando. De repente... uma explosão maravilhosa... gritos de guerra... fogos... entra em campo o glorioso Sport Club Corinthians Paulista, o Coringão, o Timão, o gigante invencível alvinegro do Parque São Jorge!

Pela cabeça rapada do menino surgiram os grandes heróis corinthianos do presente e do passado, alguns de quem ele apenas ouvira falar ou tinha visto na televisão em históricos videotapes.

Na verdade, seu tio Henrique era corinthiano roxo e tinha contado muitas histórias e ensinado a ele muita coisa sobre o Timão.

Aliás, se um dia Zé Pedro ficasse rico, sua primeira providência seria adquirir a coleção completa de vídeos com todos os jogos e heróis alvinegros. O menino imaginava os grandes corinthianos do passado, como Gilmar, antes de virar casaca e ir para o Santos: Roberto, Claudio, Carbone, Luisinho e Baltazar, o Cabecinha de Ouro.

E Oreco? E Bazzani? E o gigante Roberto Rivelino e sua patada atômica, que Zé Pedro viu jogar em vídeos da Copa do Mundo de 1970 e nos programas da TV Cultura?

E o super Zé Maria? E Vaguinho? E Palhinha? E Amaral e Wladimir? E Casagrande? E Biro-Biro? E o doutor Sócrates, aquele pirulão fantástico com seus taquitos de calcanhar? Isso sem falar nos passes e chutes mortíferos de Neto e nos infernais Marcelinho Carioca e Viola.

Até Garrincha tinha jogado um tempo no Timão!, lembrava o menino estufando o peito de orgulho.

Seus olhos cansados e inchados por conta do choro e do sono começaram a se fechar enquanto a bola rolava solta em sua imaginação rapada e aqueles gigantes do futebol apareceram jogando juntos num time de sonhos. Luisinho, o Pequeno Polegar, passa para Rivelino, que dribla dois e toca de trivela para Sócrates, que avança, vira para um lado, vira para o outro, finge que vai dar para Garrincha, mas lança de calcanhar para Marcelinho Carioca, que corre feito um foguete até a linha de fundo, levanta a cabeça e cruza na medida para Baltazar, que surge voando e enterra de cabeça! Golaaaaaaço!

Naquela noite, Zé Pedro sonhou que, no domingo, o time argentino estava indo para o estádio, o motorista do ônibus, seu Milton (o professor de Educação Física), pegou o caminho errado, chegou no alto dos Andes, perdeu a direção, despencou lá de cima, caiu num telhado, o telhado furou e o ônibus foi parar no meio da floresta amazônica. O menino sorria dormindo. No sonho, os jogadores do Boca Juniors, com suas horrorosas camisas azuis, ficaram com dor de barriga por causa do susto e desceram correndo do ônibus, procurando urgentemente um cantinho no mato para fazer suas necessidades. Foram atacados por pigmeus canibais assassinos que usavam lindos chapéus de mosqueteiro. Fugindo com as calças na mão, mergulharam de cabeça no rio Amazonas, mas o rio Amazonas estava cheio de piranhas risonhas, dentuças e carecas, vestidas com a gloriosa camiseta alvinegra.

# 5

O dia seguinte amanheceu tristonho, cinzento e chuvoso.

Zé Pedro acordou com a cabeça latejando e um gosto amarelo na boca. Foi correndo ao banheiro e ficou petrificado diante do espelho. Tinha se esquecido completamente de que agora era um pobre coitado careca. Dona Sueli já estava quase pronta para sair. Mandou o filho tomar duas aspirinas. Disse que estava frio e que o menino não podia ir à escola sem alguma coisa para proteger a cabeça, senão ia piorar o resfriado. Foi até o quarto. Voltou com um gorro velho de lã.

— Que é isso, mãe!

— Estava lá jogado num canto. Era de seu pai.

O menino esfregou os olhos.

— Mas mãe! Esse gorro é verde!

— E daí? — perguntou a mulher no espelho do banheiro, tirando o excesso de batom.

— Verde é a cor do Porcão!

— Porcão?

— Verde é a cor do Palmeiras, mãe!

Diante da porta aberta do banheiro o menino sentiu uma pontada no fundo do peito.

— Mãe... o meu pai era... palmeirense?

Dona Sueli estava atrasada. Beijou o filho com a chave na mão, abriu a porta e desapareceu no corredor escuro.

O menino examinou o gorro verde com nojo.

Estava encalacrado.

Não podia colocar na cabeça aquele gorro de lã traiçoeiro, feito com as cores de seu pior adversário.

Por outro lado, sentia vergonha de sair na rua com aquela cabeça de prego pelado.

Havia ainda outro problema. Não queria deixar a gripe crescer. Precisava ficar bom até domingo para assistir ao jogo sem tosse, dor de cabeça ou febre.

Certa vez, num Corinthians × Vitória televisionado diretamente de Salvador, Zé Pedro, gripado, dormiu durante o jogo e seu time perdeu feio, sendo desclassificado da final do campeonato.

O menino fechou os olhos diante do espelho.

Amaldiçoou a pobreza. O dinheiro em casa era tão curto que sua mãe nunca pôde comprar um gorro decente, um boné alvinegro, qualquer coisa que ele pudesse colocar na cabeça sem sentir vergonha. Agora, por causa dos malditos piolhos, estava naquela situação. Pensou em encher a cabeça de esparadrapo, mas ia acabar chamando mais a atenção. Lembrou-se de um velho chapéu nordestino de couro guardado há séculos debaixo do tanque de lavar roupa. O menino suspirou. Não dava para sair com aquela coisa na cabeça. Era horrível e além do mais estava todo mofado.

O relógio deu 7h05. Zé Pedro enterrou o gorro verde na cabeça. Entrava às 7h20 na escola. Foi de novo até o espelho. Sua imagem ficou embaçada por uma nuvem de lágrimas.

Naquele dia haveria chamada oral de Ciências. Não dava para faltar de jeito nenhum. Tinha faltado na prova escrita e o professor deixara bem claro: se não aparecesse na chamada, ia ficar com zero no boletim.

Zé Pedro desceu a rua Itapeva encolhido por causa do frio e por causa da careca. Quase nunca pensava no pai. Era como se ele nunca houvesse existido. Aliás, todo dia fazia força para não se lembrar dele. Sabia que se chamava Ademar. Sabia que dona Sueli não gostava de tocar no assunto. O casamento dos dois tinha durado pouco. Parece que viviam brigando. Acabaram se separando quando Zé Pedro tinha 2 anos. Ademar bebia e às vezes batia na mulher. Um dia saiu de casa e nunca mais voltou.

Sentado no ônibus, o menino estava achando aquilo muito estranho. Antes, ele conseguia quase nunca pensar no pai. Agora, ali, sem cabelo, sentia a lembrança do pai tentando entrar em sua cabeça em forma de gorro. Zé Pedro sorriu, ajeitando o gorro na cabeça. Vai ver que o pai agora tinha largado de beber. Vai ver que agora arrumara um emprego longe, em outra cidade, e era tão ocupado, tão ocupado que não tinha nem tempo de visitar o filho. Zé Pedro nunca pensava no pai, mas naquele dia o pai não queria sair de seu pensamento. E de novo o menino lembrou-se de Sansão e de como o grande e invencível guerreiro ficou fraco. Deve ser por causa dessa maldita careca. A ciência precisava estudar esse assunto melhor. A cabeça sem cabelo fica muito desprotegida, os pensamentos perdem a força e as lembranças aparecem e fazem o que bem entendem com a gente, pensava o menino.

E se agora seu pai fosse o doutor Ademar Antônio Silveira, um médico importante como os que trabalhavam no Hospital do Servidor? E se ele agora fosse um cirurgião, um cardiologista famoso, daqueles carecas que usam óculos escuros e são muito ocupados? Se o pai fosse um médico mixo, não ia ter clientela e aí sim, claro, teria uma baita cabeleira e tempo de sobra para visitar o filho. Mas, se fosse desses bons, devia estar cheio de problemas para resolver. Precisava examinar o coração de um monte de gente. Fazer eletrocardiograma. Medir a pressão arterial. Receitar dietas e medicamentos. Mandar as enfermeiras trazerem termômetros e seringas. E precisava verificar se os curativos estavam bem-feitos, senão a ferida inflamava. E falar ao telefone sem parar, colocar aquela máscara na boca, entrar no centro cirúrgico e ficar abrindo o peito dos pacientes com enfarte no miocárdio.

Uma pessoa que mexe no coração dos outros tem que ter bom coração, pensava Zé Pedro, orgulhoso daquele pai feito de pensamento. E de repente imaginou que um dia um automóvel preto imenso ia estacionar na rua Itapeva, na frente de sua casa. Era seu pai. Vinha apressado, vestido de médico, roupa branca, sapato branco, cachecol, óculos escuros e um estetoscópio pendurado no pescoço, com aquela careca brilhante que só gente muito, muito rica tem. Por coincidência, justamente aquele dia, Zé Pedro estava na janela ouvindo o papagaio do vizinho latir e cantar "Águas de março". O doutor Ademar Silveira, lá embaixo, sorria e acenava, chamando ele e sua mãe para dar uma voltinha de carro. Na fantasia do menino, o pai acabava namorando dona Sueli de novo e todos iam morar juntos numa mansão, com piscina e tudo, perto do Shopping Center Morumbi.

O ônibus já estava chegando. O menino puxou a campainha com um engulho dolorido entalado na garganta.

E se seu pai fosse palmeirense?

O menino estremeceu. O gorro do pai era verde, mas isso não provava nada. *Tem gente, por exemplo,* pensava ele, *que tem boné azul e é são-paulino roxo.* Ele mesmo tinha uma camisa verde-clarinha feita pela mãe. Não era bem como o verde do Palmeiras, mas parecia.

Ao saltar do ônibus, Zé Pedro fez uma promessa.

Se um dia estivesse na janela escutando o papagaio do vizinho, parasse um carro e aparecesse seu pai, e ele, a mãe e o pai saíssem para passear e depois o pai voltasse para sua mãe e os três fossem morar juntos num casarão com piscina e tudo no Morumbi, ele ia pedir tanto, implorar tanto, insistir tanto, que o pai acabaria desistindo de ser palmeirense e se convencendo de que o melhor e maior time do Brasil e do resto do mundo era, sem dúvida alguma, o verdadeiro e único Sport Club Corinthians Paulista.

Zé Pedro entrou na escola com os olhos molhados diante de um sonho: ter um pai e seu pai ser médico, rico e, ao mesmo tempo, ser o presidente da Gaviões da Fiel.

# 6

Zé Pedro imaginou uma coisa, mas aconteceu outra diferente. Foi muito bem recebido na escola. Todos estavam preocupados. Todo mundo queria saber como ele estava. O diretor veio fazer perguntas. Vários professores também. Os colegas comentavam, relembravam o acidente, descreviam o tombo do telhado e davam risada de tudo o que havia acontecido. Até seu Milton apareceu para dar um abraço.

Mas, afinal, que história era aquela de raspar a cabeça?

Os colegas queriam saber.

Com ar grave, Zé Pedro explicou que era por causa do acidente. Disse que mal havia chegado em casa e logo vieram as alucinações.

— Alucinações?

Os colegas fizeram uma rodinha para escutar melhor.

Zé Pedro contou que no dia anterior, chegando em casa, entrara no quarto e dera de cara com um jacaré deitado em sua cama, vestindo a camiseta do Palmeiras. O jacaré abriu a boca e foi esconder-se embaixo da cama. Sem compreender o que estava acontecendo, Zé Pedro achou prudente ir para a sala. Um jardim perfumoso, cheio de flores e com um riachinho passando, havia brotado no meio do carpete. As borboletas passavam, esvoaçando. Os papagaios latiam. O menino teve vontade de mergulhar no riachinho. Quando tirou a roupa, sua mãe entrou em casa. "Graças a Deus", continuou ele com orgulho, "ela trabalhava no Hospital do Servidor". Lá ele foi atendido por um famoso neurologista, um colega dela, o melhor da cidade. O médico, um careca, fez um exame completo, olhou a língua, botou o termômetro e disse que ele precisava cortar o cabelo imediatamente.

— Pra quê? — quis saber um colega.

Zé Pedro arregalou os olhos:

— Meu! A coisa foi séria! Quando o caso é grave mesmo, quando a pancada na cabeça é daquelas que deixam o pensamento desmanchar dentro do cérebro, o miolo da pessoa fica zoado e não consegue mais pensar coisa com coisa e o sujeito pode até endoidar ou morrer de vez, é obrigatório rapar a cabeça para o médico poder examinar melhor a...

Uma risadinha venenosa saltitou no meio do grupo.

— Esse cara é o maior embromador que eu já vi na vida até hoje! Larga a mão de contar mentira, Zé Pedro!

— Mentira onde, Charles Augusto? Vai lá no hospital e pergunta!

O outro balançou a cabeça e afastou-se rindo com dois amigos.

Zé Pedro detestava Charles Augusto, um menino grande, forte e meio gordo, com um bigodinho ameaçando aparecer, debaixo do nariz. As meninas viviam assanhadas querendo namorar ele; por isso Charles andava feito um pavão pelos corredores da escola. É que Charles Augusto era especialista em tirar nota dez em Matemática, jogava bola, bem, na defesa, dando pancada em todo mundo, e, pior que tudo isso, ainda por cima era multimilionário e torcedor do Palmeiras.

Zé Pedro nunca tinha estado lá, mas imaginava que na casa de Charles Augusto devia ter, no mínimo, duas piscinas, uma funda e uma rasa, quadra de tênis e um campinho de futebol tamanho oficial. O pai de Charles, imaginava Zé Pedro, com certeza era um magnata famoso, dono de uma dessas fábricas imensas que existem por aí.

Mas o que dava raiva em Zé Pedro era o jeitão de Charles Augusto. O garoto só andava com seu grupinho, todos ótimos alunos em Matemática e podres de ricos como ele. Parece que Charles desprezava o resto da humanidade. Não gostava de andar por aí se misturando com qualquer um, quanto mais com Zé Pedro, um pé-rapado, remendado, mau aluno, metido a engraçadinho e, ainda por cima, corinthiano.

— Explica direito, Zé — pediu Camila. — A pancada na cabeça foi tão forte assim?

Ao escutar aquela voz, o rosto do menino derreteu-se de tanto prazer e sofrimento:

— Quando o médico quis saber meu nome, Camila — continuou Zé Pedro —, eu não consegui lembrar. Ele pediu para eu forçar a cabeça. Eu disse que não sabia nem onde estava, nem onde não estava, nem meu endereço, nem quem eu era. Já pensou não saber nem quem a gente é? — perguntou aflito. — Minha cabeça parecia uma casa vazia, um caderno em branco! Tentava lembrar quem era minha mãe. Não lembrava. Tentava lembrar quem era meu pai. Não vinha nada, nada, nada!

A menina, junto de outros colegas, ouvia atenta.

— Ficou todo mundo preocupado. Quando, no fim, lembrei que eu era eu no duro, o hospital inteiro bateu palmas. — Zé Pedro foi definitivo. — Com uma pancada daquelas eu podia ter ficado bobo para o resto da vida, virar defunto ou, pior, ficar vegetando na cama feito uma couve nojenta, verde, podre e palmeirense...

O sinal tocou. Hora de começar as aulas.

Camila espiou o rosto de Zé Pedro.

Em pouco tempo, o pátio da escola estava deserto e o burburinho dos alunos foi substituído pelos apitos enérgicos de seu Milton, comandando a primeira aula de Educação Física do dia.

Infelizmente, Zé Pedro foi mal na chamada oral. Primeiro, porque tinha estudado pouco. Além disso, depois do tombo e da cabeça rapada, parece que as ciências tinham ficado de pernas para o ar dentro de sua memória.

As outras aulas se seguiram como todos os dias.

Enquanto os professores explicavam regras e equações na lousa, Zé Pedro não conseguia deixar de pensar em seu pai.

Seria por causa da careca? Seria pela ausência da força protetora da cabeleira? Por causa do gorro verde de lã? O menino não conseguia entender. Nunca se lembrava do pai e agora aquela figura sem rosto parecia querer invadir seu corpo feito uma força descontrolada e misteriosa.

O professor explicava um problema, mas o problema do menino era outro.

Só se o tombo tivesse mexido em suas ideias! Ele, que sempre conseguia nunca pensar no assunto, agora sentia-se indefeso, invadido por trezentas perguntas. Onde estava seu pai? Estava vivo? Estava morto? Morava em São Paulo? Tinha largado de beber? O que fazia? Tinha casado de novo? Tinha outro filho? Zé Pedro tinha um irmão? Seu pai era médico? Era pobre? Era rico? Como era ele? Cabeludo ou careca? Torcia pelo Corinthians, pelo Santos ou por coisa pior? Bem que ele podia aparecer um dia para fazer uma visita...

O menino sentiu um aperto esquisito machucando dentro.

Estava aflito. Precisava arrancar aqueles pensamentos da cabeça. Era melhor esquecer. Apertou os olhos e os dentes com força. Tinha que apagar aquele pai de sua vida. Precisava conseguir pensar em outra coisa. Mas o vulto paterno insistia em sua imaginação. Sumia, fingia que ia embora e voltava feito um fantasma. Zé Pedro olhava aquela imagem distante passeando dentro da cabeça, queria fugir e, ao mesmo tempo, tentava enxergar o rosto dentro do pensamento, mas o rosto estava sempre embaçado. Será que seu pai pensava um pouco nele? Zé Pedro fez força. Se concentrou. Tentou fixar aquele rosto feito de lembrança e imaginação. Foi andando na direção dele. Foi chegando mais e mais perto. De repente escutou uma voz grossa:

— Zé Pedro.

A cabeça do menino deu um nó. Aquela voz!

— Zé Pedro!

Era o professor parado ao seu lado.

As palavras escaparam sem querer da boca de Zé Pedro:

— Papai!

A classe desabou na gargalhada.

O professor achou que só podia ser mais uma brincadeira do moleque. Riu também, sem entender direito qual era a graça.

— Você, sempre com uma besteira na ponta da língua — disse num tom simpático, meio de zanga. — Eita, praga!

Zé Pedro, voltando a si, levantou a sobrancelha e olhou em volta fazendo uma cara esperta.

— Você vive no mundo da lua — continuou o professor —, é cheio de ideias na cabeça, mas na hora da prova nunca sabe coisa nenhuma.

O menino tirou o gorro da cabeça e olhou dentro dele como se estivesse procurando suas ideias.

A classe inteira riu de novo.

Camila procurou os olhos de Zé Pedro.

Charles Augusto fez cara feia.

# 7

O problema é que Zé Pedro vivia pensando em Camila. Se pudesse, pensava em outra coisa, mas simplesmente não conseguia e ainda fantasiava mil coisas.

Ela esperando o ônibus na rua Augusta. Dois trombadinhas mal-encarados chegam empurrando e ameaçando meio mundo. Agora querem roubar a mochila de Camila. A menina agarra a mochila. Os meninos puxam. A menina chora. Muita gente está perto, mas ninguém ajuda. Zé Pedro, ele mesmo, em carne e osso, aparece calmamente assobiando no outro lado da rua. Ao ver Camila em perigo, estufa o peito e, indignado, atravessa a rua feito uma flecha correndo no meio dos automóveis. Um ônibus elétrico quase atropela Zé Pedro, que cai, rola no asfalto, levanta-se heroicamente com a camisa rasgada, continua correndo e salta, derrubando os dois bandidos na calçada. A luta é feroz. Os trombadinhas são fortes. Um carro da polícia aparece tocando a sirene. O guarda prende os dois assaltantes em flagrante e cumprimenta Zé Pedro, que se despede e parte sem olhar para Camila, que fica parada, encantada. Antes de ir embora, Zé Pedro abaixa-se, apanha uma flor que brotava entre os paralelepípedos e dá para a menina.

O menino imaginava outras coisas. Por exemplo, que salvava Camila de dois pastores-alemães puros-sangues imensos e treinados pela Polícia Militar. Que carregava a menina para o alto de uma árvore, feito Tarzan, num dia em que a chuva inundava mais uma vez as ruas da cidade. Ou então que seu pai tinha voltado, Zé Pedro ficava rico, tirava carta e ganhava um carro conversível zero quilômetro. Que, ao passear pela rua Augusta, via Camila no ponto de ônibus. Imaginava-se brecando o carro, abrindo a porta para a menina entrar e, no caminho de casa, parando na sorveteria Alaska e comprando um sorvete triplo para ela. Os dois ficavam no carro juntinhos conversando e tomando sorvete. Um sonho recorrente de Zé Pedro era um dia poder entrar na sorveteria Alaska e experimentar tudo quanto é sabor.

A falta de dinheiro era outro grave problema da vida de Zé Pedro. Ele nunca tinha um tostão furado. Seus colegas ganhavam mesada, viviam comendo sanduíches em lanchonetes, compravam sorvetes e chicletes, jogavam boliche e iam ao cinema e ao parque de diversões. À noite, ainda arranjavam dinheiro para ir a danceterias, de vez em quando.

Zé Pedro nunca podia fazer nada disso. Como chegar perto de Camila, um corinthiano careca, pé-rapado, durango e sem nada como ele?

Sentia inveja de Charles Augusto. Ficava imaginando a casa do colega milionário. Charles em seu quarto com televisão, vídeo, telefone sem fio, interfone, pebolim, óculos escuros, aparelho de som, máquina fotográfica, computador, espingardinha de chumbo e videogame. Imaginava a casa de Charles Augusto cheia de mordomos andando para cima e para baixo, servindo sorvetes, refrigerantes e sanduíches o dia inteiro. Imaginava que os almoços e jantares na casa do menino eram servidos com cardápio, como num restaurante. Imaginava Charles Augusto sentado a uma mesa imensa, escolhendo: "Hoje quero... um filé à parmegiana... não... pensando bem... prefiro um *strogonoff* de filé-mignon com arroz, batata frita e *petit-pois*. E o garçom, ao lado, seriíssimo, de gravata-borboleta e uma toalha pendurada no braço: "E para beber, senhor?". E o menino: "Champanhe francês e guaraná."

Zé Pedro imaginava a casa do Charles Augusto cheia de salões de veludo, cortinas, mármores e cachorros sérios e brancos andando vagarosos sobre tapetes persas. Imaginava imensos quadros de arte moderna, terminais de computadores, escadas rolantes, cachoeiras artificiais, baús cheios de pedras preciosas e até um caixa eletrônico 24 horas ao lado do piano de cauda. Sentadas nos sofás, as pessoas conversavam usando palavras difíceis.

Imaginava o pai de Charles Augusto, um homem alto, de bigode, profunda e definitivamente careca, falando cheio de elegância à mesa:

— Realmente... realmente é uma hipótese.

E a mãe de Charles Augusto, alta, rosto muito pintado e retocado, com um colar de pérolas, careca, mas usando peruca, respondendo:

— Entretanto, trata-se inevitavelmente de um dilema deveras paradoxal.

E o jardim da casa de Charles Augusto?

Zé Pedro imaginava uma área arborizada do tamanho do parque Ibirapuera, com campo de futebol de grama tamanho oficial, piscina aquecida e desaquecida, pista de kart, sauna, lanchonete, quadras de tênis, vôlei e basquete e até cavalos pastando e ainda um posto de gasolina particular. Isso, fora o aeroporto doméstico. Sim, porque, na cabeça de Zé Pedro, o pai de Charles Augusto tinha um Boeing 707, dois helicópteros e um carro de cor diferente para cada dia da semana.

Zé Pedro sentia-se completamente amassado diante daquela riqueza incalculável. E ele, que não tinha dinheiro nem para comprar a *Gazeta Esportiva* de vez em quando?!

Naquele dia, voltando da escola, o menino parou para atravessar o farol da avenida Nove de Julho, em frente à praça

Catorze Bis. Uma menina, mais ou menos da sua idade, ia de carro em carro entregando um bilhetinho. Um dos bilhetes caiu no chão. Dizia o seguinte:

> eu sou pobre e eu preciso de comer alguma coisa porque hoje eu ainda não jantei e eu durmo aqui na rua obrigada.
> ass.: a mesma Joana

Zé Pedro examinou a menina. Era magrela, usava um vestido muito curto e encardido, o cabelo imenso e despenteado e uma sandalinha de plástico transparente. Não era feia, a menina. Apesar dos pés imundos. Tinha a pele cor de cobre e uns olhos grandes, meigos, acesos e assustados.

O menino atravessou o sinal e seguiu para casa com o papel da menina na mão. Para variar, foi pensando na vida.

Se um dia fosse rico, pegava seu carro conversível zero quilômetro e convidava Joana para dar uma volta. Levava a menina ao Shopping Center Morumbi e comprava as melhores roupas para ela. Depois, passava na sorveteria Alaska. Imaginava a cara de Joana. A menina experimentando as roupas diante do espelho. A menina lambuzada de sorvete, olhando para ele, espantada e agradecida.

Naquela noite, dona Sueli preparou uma macarronada deliciosa. Depois do jantar, Zé Pedro lavou a louça e, enquanto a mãe costurava na sala, sentou-se à mesa da cozinha e escreveu sua redação.

# 8

O dia do grande jogo estava chegando e as notícias no jornal eram preocupantes. Segundo a imprensa, o jogo em Buenos Aires seria uma guerra. O time do Boca Juniors estava atravessando uma excelente fase e, claro, contava com a torcida inteira a seu favor. Para a maioria dos especialistas, se o Corinthians conseguisse arrancar um empate do Boca, já seria um grande resultado. Para piorar a situação, o time do Parque São Jorge provavelmente jogaria desfalcado, pois vários atletas estavam contundidos. O Boca Juniors, em compensação, além de contar com seu time completo, ainda anunciava duas estreias espetaculares: Caniggia, contratado por empréstimo do Roma, da Itália, e ninguém menos do que Diego Armando Maradona. O grande craque portenho havia abandonado o futebol, mas estava voltando a jogar, assinara contrato com o Boca Juniors e pretendia estrear justamente contra o Timão. Era muito azar.

— Azar nada! — garantia Zé Pedro numa roda de amigos, na escola, durante o recreio. — O Coringão é muito mais time. Tem tudo para esmigalhar o Boca Juniors. Caniggia? — perguntava com desprezo. — Quem é Caniggia? Esse infeliz, primeiro, nunca jogou bola nenhuma e, depois, deve estar cansado por causa do campeonato italiano.

— E o Maradona? — perguntou um colega com cara de corinthiano preocupado.

— Que Maradona? — respondeu Zé Pedro, sorrindo. — Vamos e venhamos! O Maradona já era. Está gordo. Parece uma geleia velha cheia de banha, completamente fora de forma.

O menino foi tomar um gole d'água no bebedouro e voltou:

— Sorte nossa, isso sim, que os dois vão jogar contra o Corinthians.

Por dentro, Zé Pedro não tinha tanta certeza assim. Admirava a velocidade e o oportunismo de Caniggia, um jogador que, além disso, devia estar cheio dos dólares, embora fosse cabeludo. Maradona, então, esse assustava mais ainda. O número 10 argentino era um craque completo. Mesmo fora de forma, mesmo contundido e barrigudo podia, numa jogada individual, destruir a defesa de qualquer time.

— Não sei não — dizia outro colega, descrente. — Fora que lá a torcida é do Boca Juniors. Já pensou?

— E a raça corinthiana? — perguntava Zé Pedro com segurança. E garantia: — Garra no futebol é tudo e o Coringão é mais raçudo do que o Boca, a torcida argentina inteira e aqueles grossos, aqueles pernas de pau...

— Que pernas de pau?

— O Maradona e o Caniggia, ué!

— Esse cara só fala abobrinha! — gritou Charles Augusto, surgindo no meio do grupo. — Maradona e Caniggia pernas de pau? Que é isso, careca? — perguntou rindo. — Agora, sem cabelo, parece que ficou mais burro! O Corinthians não tem nenhuma chance contra o Boca Juniors. Se bobear, vai tomar é uma goleada histórica, você vai ver.

Zé Pedro tapou o nariz.

— Ué?! — Virou-se para os colegas. — Que cheiro ruim é esse? — Fez uma cara desconfiada. — Acho que pisei em alguma coisa — disse, tirando o tênis do pé e cheirando a sola. Depois, olhou em volta. Ao encontrar Charles Augusto, deu um pulo, fingindo ter compreendido tudo. — Nossa! — gritou. — Então era isso... chegou um palmeirense no pedaço!

Os colegas caíram na risada. Charles Augusto não gostou.

— Cala essa boca, Zé! — disse, aproximando-se. — Não vem falar do Palmeiras não, que o Verdão é um milhão de vezes mais time que o Corinthians. Aliás, o Verdão é uma academia de futebol, o melhor e mais completo time do Brasil!

Zé Pedro não conseguia deixar de admirar o jeito de Charles Augusto falar. "Aliás." Nenhum outro colega na escola inteira falava "aliás" com tanta naturalidade.

— Aliás, aliás, aliás! — disse Zé Pedro, pronunciando as palavras com afetação. — Larga a mão de falar difícil, Charles Augustus Gorduchus — continuou, colocando as mãos na cintura. — Aliás o Porcão aliás só ganha porque aliás compra tudo o quanto é juiz e além disso aliás não joga nada e aliás só tem perna de pau e aliás fora tudo isso tem um baita rabo!

O sinal estava tocando. Fim do recreio. Os colegas foram se afastando. Zé Pedro e Charles ainda ficaram parados, durante algum tempo, um na frente do outro.

As aulas naquele dia transcorreram normalmente.

O professor de Português recolheu as redações sobre as férias feitas em casa.

Zé Pedro, para variar, quase não conseguiu prestar atenção em nenhuma aula. Ficava inquieto com aquelas discussões com Charles Augusto. Zé Pedro não era de briga. Gostava de implicar um pouco, soltava uma piada ou outra, mas, no fundo, queria ser amigo de todo mundo e, principalmente, queria que todos gostassem dele. O pior suplício para o menino era sentir-se criticado, era sentir que alguém não ia com a sua cara. E Charles não ia nem um pouco.

Fora isso, mais uma vez, não conseguiu deixar de pensar em seu pai. Os professores explicavam regras e teorias, mas os sentimentos de Zé Pedro eram uma confusão bagunçada que nenhuma teoria conseguia dar conta. Desde que cortara o cabelo, Zé Pedro não conseguia mais deixar de pensar no pai. Será que ele, careca, tinha perdido sua força interior? Não tinha explicação. Que mania era aquela agora de sentir saudade do pai que ele nunca tinha visto? De ficar com vontade de ver o pai? E não era só ver. Queria conversar. Queria abraçar o pai. Onde estaria ele agora? Continuava bebendo? Mas o menino sentia raiva também. Raiva de não ter um pai como todo mundo, de não ter alguém para estudar com ele, para trocar opiniões, para falar do Corinthians, para bater bola, para dar bronca de vez em quando, para cuidar dele, para conversar sobre assuntos importantes, assuntos de homem para homem.

Os professores entravam e saíam fazendo chamadas, trazendo e transmitindo informações, propondo e esclarecendo dúvidas, mas a cabeça do menino era uma mistura de imagens, sonhos e sentimentos. Sua mãe cansada costurando, seu pai voltando de surpresa, o jogo do Corinthians, Maradona gordo correndo desengonçado e tomando uma bola pelo meio das pernas de Marcelinho Carioca, Charles Augusto sempre provocando, a raiva misturada com a vergonha por causa daquela maldita careca...

Tudo isso incomodava o menino, mas outro assunto incomodava um milhão de vezes mais.

# 9

Naquela tarde, deitado no sofá velho, remendado e um pouco torto de sua casa, Zé Pedro sentia com a palma da mão o cabelo espetado. Debaixo do couro cabeludo, uma pessoa mandava, desmandava e comandava, ocupando todos os espaços do crânio: Camila.

O menino soltou um longo suspiro. Estava cansado. Cansado de ficar rondando, de olhar a menina de longe, de dizer "oi", de pedir — só de pretexto para chegar perto — um caderno emprestado para copiar uma lição qualquer e ficar nessa lenga-lenga.

Queria mais. Queria sair com Camila, ser amigo dela, conversar com ela, segurar os dois ombros da menina e dizer que gostava dela. Muito.

Zé Pedro queria abraçar e beijar Camila. Não sabia se a colega era rica ou pobre, mas imaginava que ela, pelo jeito, devia ter bastante dinheiro. Andava sempre com boas roupas, costumava viajar nas férias, tinha um relógio de pulso, frequentava a lanchonete, tomava sorvete sempre que queria e, apesar de voltar de ônibus para casa, de manhã vinha sempre de carro trazida pelo pai. Com certeza devia morar num casarão em algum bairro nobre da cidade. Uma pessoa tão linda assim só pode ser filha de algum ricaço importante e cheio da nota, pensava desanimado.

Zé Pedro se lembrava de quantas vezes tinha chegado perto de Camila pronto para falar alguma coisa, mas, na hora H, mastigava, mordia, engolia as palavras e não dizia nada.

Uma vez, por causa de alguma besteira, teve que ficar até mais tarde de castigo na escola. Quando finalmente estava saindo, encontrou Camila. Eram quase duas da tarde. Ela havia ficado no colégio preparando um trabalho com um grupo de colegas. Camila despediu-se das amigas e foi conversando com Zé Pedro até o ponto de ônibus. *Conversando* é modo de dizer. Zé Pedro não conseguiu falar coisa com coisa. Deu um branco. Justo ele, sempre cheio de ideias e frases, naquele dia ficou mais mudo do que uma pedra. Parecia que de uma hora para outra sua língua tinha ficado manca e paralítica. Parecia que as palavras tinham arrumado as malas, pedido demissão e desaparecido para sempre de sua cabeça. Lembrou do rosto de Camila olhando para ele com um sorriso meio espantado.

Também, quando é que uma menina tão linda como aquela, perfumosa, boa aluna, filha de gente importante e cheia da grana ia se interessar por um cara como ele, um corinthiano pobre, careca, pé-rapado? *Nem no dia de são nunca*, pensava o menino, concordando consigo mesmo, sozinho no sofá.

Lá fora, o papagaio do vizinho latiu forte. Zé Pedro espiou pela janela. Ao ver o menino atrás do vidro, o pássaro esticou o pescoço, arrepiou-se todo e começou a cantoria. Andava elegante, de peito estufado no poleiro, para a frente e para trás:

> É pau, é pedra, é o fim do caminho...

O menino admirava aquele pássaro cantor. Não conseguia entender como um bichinho daquele tamanhinho sabia de cor uma letra de música quase inteira e ele, que era um ser humano normal, não conseguia decorar nem os afluentes da margem esquerda do rio Amazonas.

Zé Pedro deitou-se de novo, dando um soco no sofá.

Precisava fazer alguma coisa. Não era possível passar o resto da vida com aquele sentimento amarrado e acorrentado dentro do peito feito um presidiário. Resolveu tomar coragem e falar com Camila. *Se ela rir da minha cara, azar!*, pensou decidido.

E, para treinar, criou uma cena na imaginação.

Ele, um dia de tarde, andando na rua Augusta e topando com Camila, sozinha, saindo de uma loja.

— Oi — dizia ele, na imaginação.

— Oi — dizia ela.

— Tudo bem? — dizia ele.

— Tudo bem — dizia ela.

— E aí? — dizia ele.

— E aí? — dizia ela.

— Preciso falar com você — dizia ele.

— Falar comigo? — perguntava ela.

— Camila — dizia Zé Pedro, deitado no sofá, pensando —, eu sei que sou feio. Sei que só tiro nota baixa. Sei que sou magro, torto, pobre, desengonçado, ando sempre com a mesma roupa e moro num apartamentinho espremido na rua Itapeva. Sei que não tenho pai e que minha mãe trabalha no Hospital do Servidor, mas não como médica, só como auxiliar de escritório. Sei que não tenho carro, telefone nem dinheiro para tomar um sorvete com você. Sei que sou meio baixo, que não sou forte que nem o Charles Augusto e, além disso, sei que agora eu estou assim por acaso meio careca, mas...

A menina, sempre na imaginação, examinava Zé Pedro, fazia uma cara séria, arregalava os olhos, caía na risada e ria e ria e ria cada vez mais enquanto a cena se desmanchava no ar.

— Não vai dar certo nunca — lamentava ele, com os olhos perdidos na parede. — Não tem jeito. É humanamente impossível...

A imagem sem rosto de seu pai apareceu mais uma vez em sua cabeça e o menino sentiu raiva. Se seu pai estivesse em casa, talvez sua vida fosse diferente.

O menino ajeitou o corpo no sofá.

Quem sabe um dia seu pai voltasse. Quem sabe ele até tivesse largado de beber e agora fosse um ortopedista famoso, daqueles importantes que cuidam dos meniscos dos jogadores de futebol? Daqueles que, quando o jogador quebra a perna numa dividida, são chamados às pressas para resolver o problema e salvar o craque todo estrepado, chorando no chão?

E Zé Pedro imaginou a casa do pai ortopedista onde ia morar no Morumbi, cheia de mordomos elegantes carregando bandejas com refrigerantes e salgadinhos. Imaginou que ia ter até uma academia de ginástica particular.

O menino sorriu de olhos fechados.

Com a ajuda do pai ortopedista tinha feito muita ginástica e ficado forte feito Sansão. Chegava de óculos escuros, queimado de sol, corpo de halterofilista, com sua imensa cabeleira de volta. Parava uma motocicleta de mil e novecentas cilindradas ao lado de Camila, ela saltava na garupa e lá iam os dois agarradinhos pela avenida Rebouças.

O papagaio continuava latindo e cantando no prédio ao lado.

O menino precisava estudar para a prova de Matemática, mas não conseguia se concentrar naquele emaranhado indecifrável de números. Apesar do frio, resolveu sair e dar uma volta a pé. Desceu a Itapeva, pegou a rua Rocha e foi devagar, olhando às vezes para o chão e às vezes para as pessoas que passavam, para os homens bebendo nos bares e para as crianças brincando de amarelinha na calçada.

A tarde estava caindo, como quem não quer. O barulho dos automóveis na avenida Nove de Julho zumbia com força em seus ouvidos.

Uma voz interrompeu o passeio.

— Fala, Pedrinho!

O menino reconheceu a voz, mas não a figura à sua frente. Um homem magro, careca e suado, vestindo um agasalho de moletom cinza. Parou e ficou correndo no mesmo lugar.

Zé Pedro arregalou os olhos.

— Seu Marão!

— E aí, moleque? — perguntou o outro.

Seu Mário era pai do Marinho, um amigo de Zé Pedro. Antes morava no mesmo prédio da Itapeva, mas havia mudado de casa no ano anterior. Zé Pedro não acreditava em seus próprios e arregalados olhos. A última vez que vira seu Mário, ele ainda era o seu Marão, um gordo gigante obeso imenso, uma bola humana de banha, carne e gordura, pesando mais de 140 quilos.

— Pô! — gaguejou o menino surpreso diante do homem magro correndo parado à sua frente. — O senhor fez regime?

O homem falava e trotava devagar no mesmo lugar.

— Aquela banha toda estava me fazendo mal — disse, ofegante. — Aí, faz pouco mais de um ano, logo depois que a gente mudou de casa, criei vergonha na cara, fui ao médico, entrei numa dieta braba e comecei a correr todo dia.

Os automóveis roncando e buzinando cruzavam a rua Rocha tentando escapar do trânsito congestionado da Nove de Julho.

— Para falar a verdade — disse o homem sempre em movimento —, no começo foi duro. Não dava nem para correr. Eu só andava — explicou com o rosto vermelho. — Aos poucos fui correndo e aumentando o tempo de exercício. — Seu Mário falava e sorria orgulhoso: — Hoje estou correndo oito quilômetros por dia!

Zé Pedro examinava o homem abismado.

— Oito quilômetros?

Seu Marão parecia mesmo outro seu Marão debaixo daquele moletom empapado de suor.

— Já perdi mais de quarenta quilos! — completou, animado.

O menino não encontrava as palavras dentro da boca. Ele inteiro pesava pouco mais que isso.

— Pô!

— Deixa eu tocar em frente — despediu-se o homem. — Ainda tenho que subir a Itapeva inteirinha até a Paulista e depois voltar. Manda um abração pra sua mãe.

— Diz pro Marinho passar lá em casa! — gritou o menino olhando o homem, que, trotando pela calçada, fez um gesto de positivo com o dedo polegar antes de fazer a curva e desaparecer na subida da rua Itapeva.

# 10

O dia seguinte, na escola, foi movimentado. Cheio de coisas boas e coisas doloridas.

O professor de Português entrou na classe atrasado, carregando uma pilha de redações debaixo do braço.

Depois da chamada, começou a dar as notas e devolver os trabalhos chamando os alunos pelo nome. Deixou Zé Pedro para o fim.

Disse então que tinha gostado muito da redação do menino. Zé Pedro já estava aflito, esperando uma nota baixa e quase afundou na carteira de vergonha, surpresa e vaidade. O professor achava que o trabalho estava interessante e diferente de todos os outros. Pediu licença para ler em voz alta para a classe.

O menino riu amarelo, enterrou o gorro verde tentando fazer uma cara séria, mas seus olhos ficaram molhados. Tossiu, engasgou e coçou a cabeça com tanta força que acabou derrubando o gorro verde na carteira do colega de trás.

O título da redação: "Férias dentro do armário".

Nela o personagem, um menino, morava sozinho com o pai numa mansão no Morumbi. Como já tinha ido a muitos lugares e feito viagens pelo mundo inteiro, resolveu passar aquelas férias dentro do próprio armário.

A redação falava de um céu azul dentro do armário. Às vezes o céu escurecia, ventava e chovia muito, molhando tudo quanto era roupa. Falava de uma visita engraçada à gaveta das cuecas. De uma camiseta puída que sonhava ser uma camisa engomada de colarinho branco. De passarinhos que fizeram ninho na prateleira do alto e viviam pousando nos cabides. Do símbolo do Corinthians grudado no fundo do armário. De um paletó que vivia reclamando de tudo e dizia detestar viver preso num armário e que queria viajar por aí e conhecer o resto do mundo. Da conversa com uma pobre meia furada e sem par. Do encontro com uma simpática família de baratas. Da guerra terrível entre as roupas novas e as velhas surradas e remendadas e, ainda, de um buraco que existia atrás das gavetas. O herói da história pegava uma lanterna, entrava no buraco, andava, andava, andava e acabava chegando num jardim. Ali morava uma linda menina. Mas a menina não sabia quem era e tinha perdido a memória. Só lembrava que o nome dela começava com a letra C. No fim da redação, o herói convidava a menina para viver com ele numa gavetinha só deles.

A classe inteira gostou.

— Você até que leva jeito para escrever — disse o professor, dirigindo-se a Zé Pedro.

Camila sorriu do jeito sem jeito do menino.

— Podia aproveitar e prestar mais atenção nas aulas e levar a sério o estudo — continuou o professor —, em vez de ficar por aí dando uma de malandrinho e aprontando o tempo todo — completou com um jeito severo mas simpático.

Zé Pedro enterrou o gorro verde até cobrir as orelhas. Charles Augusto balançou a cabeça com cara de nojo.

— Só não dei dez pela redação — prosseguiu o professor — primeiro porque, no fundo, você acabou fugindo um pouco do tema e, segundo, porque você usou três vezes a palavra *hipótese* totalmente fora de lugar. Hoje à tarde, em casa — disse ainda —, quero que você vá ao dicionário e veja o que *hipótese* significa. Vou cobrar isso de você na próxima aula...

Na hora do recreio, quando saía do banheiro, Zé Pedro cruzou com Camila, conversando animadamente com Charles Augusto. A menina interrompeu a frase no meio.

— Zé, vem cá! Achei sua redação muito legal! — disse ela, irradiando simpatia. — De onde você foi tirar tanta ideia?

O menino não teve tempo de ficar encabulado. Charles Augusto veio por trás, arrancando o gorro verde de sua cabeça. No pátio, as crianças passavam à toda, brincando de polícia e ladrão.

— Devia ser terminantemente proibido corinthiano mentiroso careca andar por aí usando as gloriosas cores da Sociedade Esportiva Palmeiras — disse com o gorro verde na mão. E rindo: — Olha só a cabeça rapada dele! Gente! Parece uma lesma branca! E tudo isso por causa de piolho!

Um grupo começou a se formar em volta. Zé Pedro fez cara de desentendido.

— Devolve aqui — disse, tentando tirar o gorro da mão do menino, que, rápido, jogou-o para um colega.

— Só dou se você confessar que aquela história de neurologista era tudo conversa mole e papo furado. Você rapou a cabeça por causa de piolho. Eu perguntei na enfermaria.

— Me dá o gorro!

— Vamos brincar de bobinho — gritou Charles, pegando e jogando o gorro para outro amigo. — Corre, Zé Careca! Força, corinthiano!

— Dá o gorro pra ele, Charles — pediu Camila.

Todo mundo em volta se divertia. Charles Augusto e mais dois colegas jogavam o boné de lã dando passes e fazendo trejeitos, como num jogo de basquete.

Zé Pedro sabia que seria difícil recuperar o gorro. Por dentro, sentia raiva pela história do piolho e por ter que ficar careca assim, na frente de todos, principalmente de Camila. Por fora, continuou tentando bancar o indiferente.

— Vem pegar, Zé Pedro Piolho — gritava Charles com o gorro de novo na mão. — Vamos suar um pouquinho. Domingo você e o Timão vão ter que suar mais ainda depois de tomar uma goleada histórica do Boca Juniors! — O menino fingiu que ia entregar o gorro, mas jogou-o para um companheiro que estava atrás.

Então, Zé Pedro parou. Ficou coçando o queixo no meio da rodinha. Os outros continuavam rindo e jogando o gorro um para o outro.

— Tudo bem — disse, buscando Charles com os olhos. — Quer fazer uma aposta? Se eu ganhar, você devolve o gorro. Se eu perder, você joga o gorro na privada e aperta a descarga.

Charles Augusto parou com o gorro na mão.

— Lá vem ele... — disse com desconfiança. — Então, tá... qual é a aposta?

O grupo fechou um pouco mais em volta. Camila observava os dois.

— Só que é uma aposta em que o cara tem que ser bom em Matemática — advertiu Zé Pedro.

A boca de Charles Augusto ficou escancarada de puro desprezo.

— Olha só quem fala! Sou o melhor da classe em Matemática e você é uma besta humana que não sabe fazer conta e só consegue tirar zero!

— Topa ou não topa? — desafiou Zé Pedro.

Charles Augusto colocou o gorro no bolso de trás.

— Já topei! — disse. — Mas vai ser uma só! Se você perder, a gente vai junto até o banheiro e adeus gorro de lã.

Zé Pedro pediu um pedaço de papel e um lápis, entregou-os a Charles e virou-se de costas.

— Escreva aí um número de três dígitos — disse. — Eu fico aqui de longe, sem ver.

Charles Augusto escreveu:

451

— Agora — continuou Zé Pedro — escreva o mesmo número invertido e faça a subtração. Mas atenção! O resultado tem que ser positivo.

— Como assim, positivo?

— Por exemplo. Não pode ser o resultado de 208 menos 802. Não dá para tirar 802 laranjas de uma árvore que só tem 208. Tem que ser sempre o número maior menos o número menor.

— Tudo bem — disse Charles e escreveu:

$$\begin{array}{r} 451 \\ -\,154 \\ \hline 297 \end{array}$$

— E aí? — perguntou Zé Pedro. — Chegou ao resultado?

— Já — respondeu Charles, dobrando o papel.

Zé Pedro continuou:

— Se você me disser o primeiro número, ou o último, eu adivinho o número inteiro.

Charles Augusto sorriu.

— Ah, moleque! Não enche! Dá um tempo! Du-vi-de-o-dó. Quero ver!

— Então fala o número, pô! — gritou o careca.

— O primeiro é dois.

— Dois! — disse Zé Pedro com cara de tremendo esforço mental.

Franziu a testa. Começou a fazer contas no ar. Colocou as duas mãos na cabeça, fez cara de cálculos terríveis e de repente berrou:

— 297 !

Charles Augusto arregalou os olhos.

Todos quiseram olhar o número escrito no papelzinho.

Zé Pedro havia acertado na mosca!

— Não vem não! Você olhou! — gritou o outro, inconformado. — Não pode ser!

— Olhei o quê! — disse sorrindo Zé Pedro. E disse mais: — Tudo bem. A boneca palmeirense gorducha não precisa chorar. Se quiser, pode tentar outra vez. Vou dar uma colher de chá.

Charles Augusto, agora com o papel colado no rosto, escreveu 745. Inverteu para 547 e fez a subtração. Falou o último número do resultado "8" e dobrou o papel muito bem dobrado.

Zé Pedro se concentrou. Andou em círculos. Agachou-se e pegou um galho no chão como se estivesse fazendo cálculos terríveis. Fechou os olhos com o rosto enrugado. De repente, deu uma cambalhota e saltou com o dedo apontado para o rosto de colega:

— 198!

Charles Augusto estava abismado. Não era possível! Zé Pedro tinha acertado de novo. Com raiva, o menino atirou o gorro no chão.

Todos falavam e perguntavam ao mesmo tempo.

— Como é que você fez isso? — quis saber Charles, mal-humorado.

Camila aproximou-se de Zé Pedro.

— É que eu sei ler mão — respondeu o moleque com a cara mais séria deste mundo.

— Ler mão? — Charles Augusto não estava entendo mais nada. — Que é que tem uma coisa com a outra?

E Zé Pedro:

— Tudo! Quer ver? Dá a sua mão aqui e abre — disse segurando a mão do colega com as duas mãos.

A roda de alunos apertou o cerco. Todos queriam espiar o que ia acontecer.

Zé Pedro começou a examinar as linhas da mão de Charles. Explicou qual era a linha da cabeça. Mostrou a do amor e a do destino.

— Cacilda! — murmurou de repente, com cara de quem não podia acreditar nos próprios olhos.

— Que foi? — perguntou o outro.

— Vejo água... sim... — disse em profunda concentração. — Vejo... um lago... nossa!... Vejo um baita lago em seu destino!

— Um lago?

Foi quando Zé Pedro deixou escorrer da boca um cuspe, enchendo a palma da mão do colega.

A gargalhada foi geral.

Enquanto Charles Augusto, aflito, limpava a mão na calça e os outros rolavam no chão de tanto rir, Zé Pedro catou o gorro, pronto para fugir. Não conseguiu. Agarrado por Charles, tomou um soco no meio da cara.

# 11

A primeira coisa que Zé Pedro fez ao chegar em casa foi voar até o banheiro e parar na frente do espelho. Tirou o gorro. Ficou petrificado diante daquela imagem careca com o olho esquerdo vermelho e quase fechado de tão inchado.

Mais uma vez, o menino só não arrancou os cabelos porque não podia. Saiu do banheiro, voltou, olhou, saiu e voltou de novo. Olhava e chorava desesperado diante do espelho. Sua cara agora parecia a do filho abandonado do Drácula!

Desanimado, foi para a sala, mergulhando de costas no sofá.

— Droga!

E Zé Pedro começou, de novo, a maldizer a vida. Estava farto de ser pobre, da vergonha de nunca ter nada, daquelas roupas velhas remendadas, daquela televisão em preto e branco, de não ter pai como todo mundo, de ser mais fraco do que o Charles Augusto, de ser mais pobre do que todo mundo, de ser feio, desajeitado, mau aluno e ainda por cima careca de olho roxo.

Zé Pedro estava cansado de não conseguir falar com Camila.

E agora tudo tinha ficado muito pior.

Agora Camila sabia que ele, além de tudo, era mais fraco que Charles Augusto e, ainda por cima, tinha raspado a cabeça por causa de piolho.

O choro escapava pelos olhos do menino feito um vazamento. Zé Pedro nunca tinha chorado tanto assim. Chorava e ao mesmo tempo observava o próprio choro. E se perguntava, chorando, de onde exatamente será que o choro vinha? De onde será que vinha aquela água toda, assim de repente? E o menino imaginou que em algum lugar, provavelmente atrás dos olhos, havia um poço com uns baldinhos que ficavam cheios de lágrimas prontos para entrar em ação diante de qualquer tristeza. Quando a tristeza chegava, os baldinhos viravam devagar e lá vinha o rio escorrendo pelo olho afora.

Zé Pedro pensava e olhava o próprio choro. *Deus, quando inventou o homem,* imaginava o menino, *já devia prever que a vida ia ter muita tristeza, por isso preparou um poço sem fundo e dois baldes de lágrimas para cada vez que uma tristeza aparecesse.*

O menino continuava pensando. *E quando a gente chora de tanto dar risada?* As lágrimas viriam do mesmo poço ou eram dois poços: um de tristeza e outro de alegria? E se as lágrimas do poço acabassem e a tristeza não? Como é que o baldinho enchia de novo? Lembrou que às vezes sua mãe ficava triste e chorava na cama durante a noite. Ele fingia que estava dormindo, mas ouvia tudo. Era um choro demorado. Será que o balde de lágrimas das mulheres era maior do que o balde dos homens? Seria possível alguém ficar louco de vontade de chorar e não conseguir porque o poço tinha secado?

Lá fora, do prédio ladrilhado do vizinho, veio uma voz de taquara rachada:

> É pau, é pedra, é o fim do caminho...

O menino sorriu. Adorava o papagaio do vizinho. Achava que o bicho devia ter um Q.I. mil. Como é que pode, pensava ele, um passarinho assim, um animal totalmente irracional, saber de cor e salteado uma música tão bonita?

Dona Sueli chegou em casa e ficou assustada com o olho roxo do filho. O menino mentiu para não deixar a mãe preocupada. Mentiu também por vergonha de ter apanhado de Charles Augusto. Disse que tinha levado uma cotovelada, dada sem querer, durante o jogo de futebol. A mãe examinou o machucado, pingou um colírio e mandou Zé Pedro colocar um algodão cheio de água boricada enquanto fritava dois ovos e esquentava o arroz com feijão.

Esparramado no sofá, sentindo o cheirinho quente da comida, Zé Pedro, com o algodão molhado sobre olho, esticou o corpo. Aquele sofá era antigo, podre, remendado, mas até que bem macio. Era gostoso ficar deitado nele assim com o corpo solto. O menino bocejou. O papagaio lá fora latia feito um cachorro vira-lata.

Zé Pedro lembrou-se de sua redação. Foi a melhor lembrança que ele podia ter tido naquele momento. Entrou como vitamina pura pelo seu corpo. O menino parece até que ficou mais forte. Sorriu. Rememorou saboreando cena por cena. O professor entrando na classe. A chamada. A entrega dos trabalhos. O professor pulando seu nome. O medo de tirar nota baixa. A surpresa. Os comentários sobre a sua redação. A leitura da redação...

As palavras do professor ainda ecoavam deliciosas em seus ouvidos:

— Você até que leva jeito para escrever.

E a voz de Camila? Apareceu em sua memória, delicada e perfumosa:

— Zé, vem cá! Achei sua redação o máximo...

O menino nem percebeu quando o sono invisível chegou desmanchando seus pensamentos, suas dores e suas lembranças, como se fosse fácil.

# 12

Na noite de sábado para domingo, Zé Pedro teve um pesadelo terrível.

Sonhou que era irmão de Joana, a menina mendiga da praça Catorze Bis. Viviam ele, ela e um monte de irmãos numa espécie de carroça cheia de jornal velho, debaixo do viaduto da avenida Nove de Julho. Seu pai era um barbudo careca sem camisa, que passava o dia enchendo a cara e já não falava coisa com coisa. Sua mãe era uma gorducha, sem dentes, moça ainda, mas com a cabeleira grisalha e despenteada.

No pesadelo, Zé Pedro não se conformava ao olhar para o pai largado no chão, falando sozinho. Alguma coisa devia estar errada. Era humanamente impossível que aquele mendigo fosse seu verdadeiro pai. O mendigo era careca e, como todo mundo sabe e a ciência já tinha provado, no mundo não existiam mendigos carecas.

No pesadelo, também, o menino sentia muita dor no corpo principalmente num dos olhos. Mesmo assim era obrigado a pedir esmola na beira da calçada.

Um automóvel parou no sinal. Era dirigido por Charles Augusto, agora careca, de gravata e paletó, com um charuto na boca.

Zé Pedro apertou o rosto contra o vidro do carro. Charles abriu a janela com cara de nojo disfarçado.

— Não sabia que você era mendigo! — disse surpreso.

— Não sou mendigo — explicou Zé. — Meu pai é careca!

— Mas então por que você está aí pedindo esmola?

— Pedindo esmola? Quem? Eu? Não vê que estou aqui na esquina porque eu caí do telhado e agora não lembro mais quem eu sou nem sei onde eu moro?

Charles Augusto sorriu compreensivo. Em seguida, segurou a mão de Zé Pedro com suas duas mãos, cuspiu cuidadosamente dentro dela, soltou uma gargalhada e arrancou, acelerando o automóvel a mil por hora.

Zé Pedro mexia-se na cama, sem encontrar posição.

O sonho continuou.

Zé Pedro apareceu sentado na calçada ao lado de Joana. A gorda de cabelo grisalho chegava e punha um grão de feijão preto em cima de um prato. Chamava os outros filhos e puxava uma faca daquelas grandes de cozinha. Cortava o grão em sete pedaços dando um pedaço para cada filho. Aquele era o jantar do dia.

— Quero *strogonoff*! — gritou Zé Pedro no sonho antes de levar um soco no olho.

Enquanto chupava seu pedacinho de feijão, devagar, para não acabar logo, surgiu uma motocicleta vermelha. Dela, saltou um médico vestido de branco, de óculos escuros, completamente careca. O médico gritava feliz da vida:

— É ele! É ele mesmo! Até que enfim encontrei meu filho!

Pegou Zé Pedro, abraçou apertado, beijou e colocou na garupa da moto. O menino convidou Joana para ir também.

A moto partiu em alta velocidade pelas ruas movimentadas da cidade.

Os três iam rindo e gritando como se estivessem numa montanha-russa. O vento batia dolorido no olho de Zé Pedro. Acabaram estacionando na frente de uma tremenda de uma mansão no Morumbi.

Ao entrar em casa, no sonho, Zé Pedro deu de cara com sua mãe. O menino nunca havia visto dona Sueli assim tão elegante. Vestia um vestido longo e decotado. Além disso, estava mais magra, tinha feito um novo penteado, usava um colar de pérolas e uma luva até os cotovelos. Parecia até uma artista de cinema americano! O médico de óculos escuros beijou dona Sueli na boca. Ela, depois, tocou um sininho e mandou servir o almoço. Zé Pedro perguntou o que ia ter de comida.

— *Strogonoff* com arroz e batata frita — respondeu respeitosamente um mordomo de gravata-borboleta e paletó branco, entrando na sala. E continuou: — Para beber, champanhe francês.

Eis que então sem mais nem menos Joana virou Camila. A menina correu para abraçar Zé Pedro. Disse que estava morrendo de saudade. Zé Pedro, no sonho, achou que estava sonhando.

Depois do almoço, o pai do menino convidava a todos para irem até o estádio do Pacaembu. Puxava do bolso quatro ingressos para assistir ao clássico Corinthians × Boca Juniors em cadeira numerada coberta.

Antes de começar a peleja, o pai de Zé Pedro comprou dois imensos sacos de pipoca. Um para Camila e Zé Pedro e um para ele e dona Sueli. No estádio a torcida festejava. Fogos. Os times entraram em campo. O menino gritou, apesar de estar dormindo. O Corinthians, no sonho, estava invencível. Começou a marcar um gol atrás do outro. A cada gol Zé Pedro abraçava Camila. O menino não sabia, mas Camila, pelo menos no sonho, era corinthiana fanática.

No intervalo, a menina encostou a cabeça no ombro de Zé Pedro. Zé Pedro fechou os olhos. Depois, abriu. Olhou para Camila. Sorriu. Ela também sorria e, devagar, aproximou o rosto e beijou o menino levemente nos lábios.

Zé Pedro acordou de repente dentro da noite. Seu coração batia acelerado debaixo do pijama. Embrulhou-se melhor no cobertor e abraçou e beijou o travesseiro. O olho machucado doía um pouco. Um sorriso brilhou na escuridão. Na cama ao lado, dona Sueli dormia profundamente.

# 13

Na manhã seguinte, Zé Pedro saltou da cama feito um guerreiro. Naquele domingo, estava pronto para o que desse e viesse. O jogo Corinthians e Boca Juniors estava programado para ser às quatro da tarde.

De manhã, jogou bola num terreno baldio perto da rua Rocha, mas só para matar o tempo. Sua cabeça não conseguia imaginar outra coisa que não fosse o jogo.

Depois do banho, almoçou e, vestido com o uniforme completo do Corinthians, foi para a sala e ficou esperando. Bem que tentou descansar um pouco no sofá, mas não conseguiu. Enquanto a mãe costurava, Zé Pedro coçava o umbigo, preocupado. Tinha escutado notícias alarmantes no rádio. Que o Corinthians ia jogar desfalcado de vários jogadores importantes. Que Wilson Mano, o jogador que sustentava a defesa inteira, estava contundido, com uma lesão no calcanhar e jogaria no sacrifício. E o pior dos piores: Marcelinho Carioca não ia jogar por causa de uma distensão na virilha sofrida no último treino. Nem tinha embarcado para a Argentina com o resto da delegação.

Enquanto isso, infelizmente, o Boca Juniors ia jogar com o time completo e ainda teria as estreias confirmadas de Maradona e Caniggia.

— Não vai ser mole — pensava Zé Pedro, verificando a careca com a unha.

O papagaio do vizinho perguntou se o doutor queria café e soltou uma gargalhada espalhafatosa. Em seguida, latiu e começou a cantar.

A máquina de costura continuava com seu zumbido, anda para, para anda, como um incansável trenzinho elétrico.

Zé Pedro pensou em Camila.

Um dia ele aprenderia a escrever direito, só para fazer um verso bem bonito para ela. Imaginou a cena. Camila, distraída, andando na rua Augusta. Ele chegando perto e dizendo: "Fiz uma coisa pra você". Puxava do bolso um papel e entregava. Parecia um filme de cinema mudo. Ela botava as duas mãos no peito e dizia: "Pra mim?". Abria o papel, lia e sorria encantada. E então os dois, na imaginação do menino, iam embora andando de mãos dadas pela calçada.

É pau, é pedra, é o fim do caminho...

O difícil era fazer verso para uma pessoa chamada Camila. Zé Pedro futucou a orelha preocupado. Camila rimava com o quê? O menino começou a pensar em palavras terminadas em *ila*. Lembrou-se só de uma: gorila. Os olhos de Zé Pedro ficaram maiores. Era impossível fazer um verso de amor com um gorila no meio. Tanta menina bonita por aí e ele tinha que gostar logo da Camila, com aquele nome complicado de rimar!

Um frio cruzou a espinha de Zé Pedro. O tempo tinha voado. Estava na hora do jogo. O menino ligou a televisão.

— Chega, mãe! — gritou, tentando ajustar a imagem colocando uma palha de aço na antena. — Você prometeu! Com a máquina de costura ligada não vai dar para assistir ao jogo!

Dona Sueli consultou o relógio. Bocejou. Estava mesmo cansada. Foi para a cozinha preparar pipoca e limonada para o filho.

Os times entram em campo. Foguetório. Escalações. Entrevistas. Fotografias. Ouvem-se os hinos nacionais dos dois times. A câmera mostra jogador por jogador. Diego Maradona está risonho e magro. Aparenta ótima forma física. Zé Pedro torce o nariz. Maradona e Caniggia cantam o hino argentino, emocionados. Zé Pedro olha para o teto, fecha os olhos e faz o sinal da cruz. É dada a partida.

O Corinthians, infelizmente, parece assustado dentro do campo. Dois minutos de jogo. Falta perto da área a favor do Boca. Maradona ajeita. Toma distância. Finge que vai cruzar e manda um petardo. Ronaldo, o goleiro corinthiano, salta, mas não acha nada. Bola na trave. A torcida argentina vibra.

Zé Pedro apanhou um monte de pipocas e enfiou na boca de qualquer jeito.

O jogo continua. O Corinthians está irreconhecível. Não consegue armar as jogadas. Ninguém acerta um passe. Os minutos giram devagar. Os ponteiros parecem grudados no relógio. Viola faz outra falta, reclama, xinga o juiz e é expulso. Na sequência, Maradona passa por dois, vai até a linha de fundo e cruza para Caniggia fazer de cabeça: 1 × 0 para o Boca Juniors.

Dona Sueli suspirou. Estava com sono. Disse que ia para o quarto descansar.

O Corinthians luta, só que, infelizmente, nada dá certo. Passes errados, chutes tortos e até reversões na hora de cobrar a lateral. Uma desgraça. *Assim não vai dar!*, pensou Zé Pedro com os olhos grudados no aparelho. Fim do primeiro tempo. O menino foi ao banheiro, com a porta aberta. Enquanto observava, de cima, seus dois pés afastados sobre o ladrilho, a privada no meio e aquele jato caindo espalhafatoso, perguntou-se por que às vezes o xixi vinha com espuma e outras vezes, sem. Na sala, a voz do locutor anunciava que, para o segundo tempo, entrava um tal de Chinfrim no comando do ataque corinthiano.

— Chinfrim? — quis saber o menino apertando a descarga.

Zé Pedro nunca tinha ouvido falar nesse jogador. O locutor também não. De acordo com o repórter de campo, Chinfrim, um moleque de 16 anos, um simples juvenil, reserva do reserva do reserva, tinha acabado de chegar de Lorena para treinar no Corinthians e, na falta de outro, ia entrar na fogueira. Era o único atacante disponível no banco de reservas e, como o ataque não estava funcionando, o técnico resolveu arriscar. Perdido por um, perdido por dez, afirmou o técnico durante a entrevista.

*Chinfrim?*, pensou Zé Pedro, esfregando a careca com as dez unhas.

Iniciado o segundo tempo. O sufoco continua. Maradona mata a bola na testa e sai pelo campo com ela equilibrada na cabeça. Chinfrim, um mulatinho franzino, menino ainda, tenta tirar a bola do craque argentino e toma um chapéu inacreditável. "Olé!", grita a torcida argentina.

Zé Pedro engole um punhado de pipocas sem mastigar.

O Corinthians mal consegue tocar na bola. O Boca Juniors dá um show. Maradona, então! Dribla, dá carrinho, dá lençol, toca por baixo das pernas, ajeita de calcanhar, passa de letra, chuta de trivela, dá meia-lua, um arraso. A única coisa que o Boca não consegue fazer, graças a Deus, é outro gol. A bola bate na trave, toca no joelho de Ronaldo, na canela do zagueiro e não entra. Um sem-pulo de Caniggia chega a bater na nuca do arqueiro corinthiano antes de espirrar pela linha de fundo. Do lado do Corinthians, ninguém se entende. O estreante Chinfrim, coitado, parece um vira-lata fugindo dos automóveis na hora do rush em plena avenida Vinte e Três de Maio.

O comentarista lamenta o erro do técnico corinthiano. Se sem Chinfrim já estava difícil...

Enquanto Zé Pedro rói as unhas das duas mãos ao mesmo tempo, a câmera dá um close. Caniggia aparece conversando com Maradona. Os dois riem. A televisão mostra tudo. É lateral pro Boca. Maradona manda a bola para Caniggia, que devolve para Maradona. Os dois argentinos começam uma tabelinha, só que ao contrário. Em vez de buscarem o gol corinthiano, correm na direção contrária, rumo ao gol do próprio Boca Juniors! A torcida aplaude e ri. Até os jogadores do Boca parecem confusos com a manobra. Os corinthianos não sabem se param, se fogem ou se choram. O juiz põe a mão na cintura e olha para o bandeirinha. É uma tremenda humilhação. Zé Pedro ficou em pé, esmigalhando as pipocas na mão. Os dois craques argentinos, trocando passes e rindo, entram alegres tabelando dentro de sua própria área. Nesse momento, explode o inesperado Chinfrim, rouba a bola de Maradona e, rápido, toca com classe para o fundo da rede.

— Gooooooooooooooooooooooooooooooooooooool!

Zé Pedro pulou pelo apartamento feito um corinthiano roxo, doente, careca e alucinado. Deu cambalhotas, deu saltos mortais, plantou bananeira em cima do sofá, derrubou o abajur e, de joelhos, fez o sinal da cruz três vezes e ainda beijou o carpete, a parede da sala, o computador quebrado e a televisão.

Lá fora, a cidade inteira explodiu entre fogos, buzinadas e gritos de gol. A torcida do Timão é mesmo imensa. Até o papagaio do vizinho comemorou.

O jogo muda de figura. O Corinthians, claro, tranca-se na defesa e o Boca Juniors parte com tudo para cima, no desespero. Maradona agora xinga e reclama. Tarde demais. O juiz apita o fim do jogo. Empate sofrido de 1 × 1.

# 14

Apesar de terminar empatado, aquele tinha sido o jogo mais emocionante assistido por Zé Pedro em seus longos 13 anos de vida. E importante também.

À noite, no jantar, sua mãe colocou na mesa café com leite, um bolo de milho e pão de forma torrado com margarina e queijo ralado.

Zé Pedro comeu e lavou a louça enquanto dona Sueli, na máquina, recomeçava a costura.

O menino beijou a mãe, disse que estava cansado e foi se deitar, mas não para dormir. As ideias pareciam um parque de diversões girando dentro do cérebro.

Mais uma vez surgiu no ar a imagem do professor de Português. Zé Pedro não conseguia esquecer aquela voz: "Você até que leva jeito para escrever...".

Escrever? Mas escrever o quê?

O menino sentou-se na cama. Seus olhos procuravam enxergar no quarto escuro. As imagens do clássico Corinthians e Boca Juniors iam e vinham feito flashes. E se fosse verdade? E se ele levasse mesmo jeito para escrever? Zé Pedro até gostava da ideia, mas escrever por escrever não ia ter graça nenhuma. O menino pensava e pensava. Só se fosse para escrever sobre um assunto muito interessante, um assunto que valesse a pena, de que ele gostasse, que ele amasse, que ele adorasse. Aí, sim.

Zé Pedro espichou o corpo debaixo do cobertor.

Se fosse um assunto que eu detestasse, pensou, uma coisa que desse até raiva, também podia ser bem legal. O que não dava, o que seria impossível, era escrever sobre um assunto morno, indiferente, bobo e sem graça.

E o menino começou a fantasiar.

Nunca havia sido elogiado antes na escola. O professor podia estar enganado. Mesmo assim, imaginou que se, por acaso, um dia, faz de conta, virasse escritor, precisava escrever pelo menos dois livros. O primeiro seria sobre o Sport Club Corinthians Paulista. Um livro que contasse tudo do Corinthians. Como começou, quem fundou, onde era a primeira sede, o primeiro estádio, como era o primeiro uniforme, como foi criado o primeiro símbolo, qual foi o primeiro time e todos os times que vieram depois. E os principais artilheiros? E os principais goleiros? E os campeonatos vencidos? E as taças? E os técnicos? E as táticas? E a famosa Democracia Corinthiana?

★

O menino imaginou um livro grosso assim, cheio de fotografias e entrevistas.

Que ia dar um trabalhão ia, mas o menino não se preocupava nem um pouco. Adorava o Corinthians. Não se importava em perder tempo estudando, pesquisando e perguntando por aí tudo sobre o Timão. Aliás, ia ser um prazer conhecer mais sobre o Timão.

E os olhos do menino pareciam fazer cálculos, a torcida do Corinthians era numerosa. Se o livro ficasse bem-feito, todo mundo ia querer comprar e aí...

O menino virou uma cambota na cama.

Seu plano era perfeito! Ia fazer o trabalho sobre um dos assuntos que mais amava e ainda por cima tinha a chance de ganhar rios de dinheiro.

Nesse dia, o menino imaginava enquanto escutava o barulhinho da máquina de costura: iria comprar uma mansão no Morumbi para ele e sua mãe, dois carros, um telefone, um forno micro-ondas, uma televisão em cores com vídeo, um computador que não desse pau, uns três pares de tênis desses de marca e ainda mandaria construir um cômodo especial só para sua mãe poder costurar sossegada.

Um sentimento tomou corpo no escuro do quarto.

Se um dia Zé Pedro estivesse calmamente em seu palacete no Morumbi e, por acaso, tocasse a campainha, e, por acaso, aparecesse um careca vestido de branco dizendo que era seu pai... O careca ia ter que explicar muito bem explicado o motivo de ter andado tão desaparecido. Se a explicação não fosse boa, mandava o careca ir passear.

O menino apertou emocionado o travesseiro contra o rosto. Sorriu ao imaginar seu outro livro.

Seria inteirinho cheio de poemas e textos dedicados a Camila. O menino mordeu os lábios como se estivesse fazendo uma promessa. Ia escrever tanto, mas tanto, mas tanto, que ia aprender a escrever mil versos bem bonitos para ela. Azar se Camila tinha um nome difícil de rimar. Melhor ainda. *Um poeta de verdade, uma pessoa que trabalha e escreve com o sentimento, consegue fazer poesia de qualquer jeito*, pensou o menino. Zé Pedro adorava Camila. Isso era o mais importante. E isso, essa força, esse dom, ele ia usar para escrever. Com rima, sem rima, com gorila ou sem gorila.

*Depois que Camila ler meu livro inteiro*, sonhou o menino acordado, *pode ser que ela resolva gostar um pouquinho de mim...*

O barulho enjoado da máquina de costura parou. Zé Pedro acompanhou os passos da mãe. Primeiro ela foi à cozinha guardar a louça. Depois deu corda no relógio e entrou no banheiro. O som da descarga foi seguido pela água correndo na torneira e pelo ruído dos interruptores de luz.

Logo, dona Sueli veio para o quarto, acendendo a luz de cabeceira. Andava na ponta dos pés. Zé Pedro fingiu estar dormindo. A mãe vestiu a camisola, sentou-se na beira da cama, abraçou e beijou carinhosamente o filho. Depois, deitou-se na cama ao lado e desligou o abajur.

Nos ouvidos do menino ecoou o som de um apito. Outros jogos imaginários tiveram início. E se um dia ele escrevesse a história de um menino que arrumava uma mochila, pegava uma bicicleta e saía pelo mundo afora à procura do pai que nem sabia quem era? E se rei Pelé encasquetasse de voltar a jogar futebol e fosse contratado justamente pelo Sport Club Corinthians Paulista?

# 15

As aulas de segunda-feira foram parecidas com as da semana anterior. Sinal tocando, entre e sai de classes, chamadas, cadernos, livros, apostilas, provas, lições, exercícios, perguntas, respostas e explicações complicadas no quadro-negro.

Zé Pedro passava as unhas na cabeça.

Já estava ficando acostumado com sua careca. Até gostava um pouco do barulhinho dos dedos passando sobre o cabelo brotando. Enquanto o professor explicava outra questão gramatical, o menino observava Camila, sentada duas carteiras à frente. Camila tinha os ombros mais bonitos da classe. Naquele dia, a menina estava diferente, séria, com cara de pouca conversa. Zé Pedro também achou bonitos os braços de Camila, que, apesar do dia frio, estava usando uma blusa de manga curta. Suspirou. Imaginou o tamanho do livro de poemas que precisaria escrever para fazê-la olhar um dia para ele. Espiou Charles Augusto com o rabo do olho. Naquela manhã, Zé Pedro tinha entrado na escola com medo. E se Charles Augusto ainda estivesse zangado com a história da água e do destino na palma da mão e quisesse bater nele outra vez? Por sorte, quando viu o tamanho do olho roxo de Zé Pedro, que ao cruzar com o colega ainda fez uma cara bem sofrida, Charles deu-se por satisfeito.

Na hora do recreio, a conversa foi sobre o jogo na Argentina e a espetacular virada corinthiana.

— A maior injustiça — espetou Charles Augusto, interrompendo o debate.

Zé Pedro passou a mão no olho machucado e resolveu não provocar outra discussão.

Mais aulas, mais explicações, mais problemas, mais perguntas, mais respostas e, finalmente, o último sinal tocou.

Quando seguia devagar em direção à rua Augusta, Zé Pedro viu Camila encostada numa mureta, sozinha, do outro lado da rua. A menina parecia estar enfrentando algum problema. Ou era um tremendo resfriado ou Camila estava chorando. Zé Pedro atravessou sem perceber.

— Camila.

— Oi — disse ela, assoando o nariz com um lenço de papel.

— Tudo bem aí? — perguntou Zé Pedro.

— Acho que estou meio gripada — respondeu a menina, enxugando os olhos.

Os dois foram descendo a rua juntos.

— E o olho? — quis saber Camila.

— Vai melhorar — respondeu ele.

— Estou a fim de comer alguma coisa — disse a menina. As palavras saíam depressa de sua boca. Parecia aflita. — Vamos tomar um milk-shake lá no Gimba's?

Zé Pedro foi franco.

— Estou sem um tostão. — Olhou para Camila. — A gente lá em casa anda sempre apertado. Nunca tem dinheiro pra nada.

A menina sacudiu os ombros.

— É fogo — disse, pensativa. — Lá em casa o dinheiro também anda curto.

— Mas você sempre tem grana — disse o menino. — Você tem carro, deve ter telefone, piscina...

— Piscina?

— Se não tem piscina, deve ter pelo menos um jardim que...

— Eu moro em apartamento!

A menina examinou Zé Pedro espantada.

— Qual é, hein? — disse. — Competição, agora, pra saber quem é mais pobre?

Zé Pedro ficou sem jeito.

— Achei que seu pai fosse um desses caras...

Camila fungou, baixando a cabeça.

— Lá em casa, a gente está com mil problemas. Meu pai vivia brigando com minha mãe — disse, tristonha. — Ontem, ele arrumou uma mala e foi embora...

O ônibus de Zé Pedro estava chegando ao ponto. Uma motocicleta quase atropelou uma cachorra que tentava atravessar a rua com os dois filhotes.

O menino deixou a menina falar.

— Hoje cedo ele passou em casa e me trouxe pra escola antes de ir pro trabalho. Falou que estava alugando um apartamento e que agora eu ia ter duas casas. Disse que no apartamento dele vai ter um quarto só pra mim...

Camila chorava olhando para Zé Pedro.

— Eu sei que não dava mais pra eles ficarem juntos — balbuciou ela, tapando o rosto. — Mas é chato...

Um vulto sem rosto invadiu a cabeça de Zé Pedro.

— Eu nunca tive pai — disse ele, espantado consigo mesmo. Não se lembrava de ter contado isso antes para ninguém.

— Nunca? — quis saber a menina.

— Ele saiu de casa quando eu tinha menos de 2 anos e nunca mais voltou. Para falar a verdade, nem me lembro da cara dele.

— Você nunca mais viu ele?

— Não.

Um vento frio insistia em soprar com implicância.

— Que mosta! — exclamou Camila.

— Mosta? — perguntou Zé Pedro.

— Que berda! — disse ela.

Os olhos do menino encontraram os olhos da menina. Os dois caíram na risada.

Aquele dia, apesar do frio, apesar das nuvens cinzentas ameaçando chuva e do olho machucado, foi o dia mais bonito do inverno.

— Às vezes, acho que ele é alto assim — continuou Zé Pedro, fazendo um gesto com a mão —, que anda vestido de branco e é meio careca.

— Careca por quê?

— Sei lá eu!

Zé Pedro parou na calçada.

— Quer ver uma coisa?

Puxou a carteira, abriu e mostrou o distintivo do Corinthians. Perguntou:

— Você gosta de futebol?

A menina coçou o nariz.

— Mais ou menos.

— Para que time você torce?

Camila balançou os ombros, indiferente:

— Tanto faz...

Zé Pedro sentiu que estava diante de uma quase-talvez--quem-sabe futura verdadeira e linda corinthiana.

— Chega de papo furado — disse ela, segurando o braço do colega. — Agora você vai ter que me contar, tim-tim por tim--tim, como você fez outro dia pra descobrir os números!

— Aquilo!

Os dentes do menino espiaram de dentro da boca. Os dois amigos agora estavam andando devagar com os ombros encostados. Apenas subiam e subiam a rua Augusta juntos, conversando e seguindo sem direção.

Zé Pedro contou que tinha aprendido o truque fazia tempo, não lembrava como. Achava que podia ter sido num livro. A coisa era mais ou menos assim: todo número de três dígitos, quando subtraído pelo mesmo número invertido, dá como resultado um número que tem sempre 9 no meio. Além disso, a soma dos dois números das duas pontas também dá sempre 9.

— Como assim? — perguntou a menina.

Zé Pedro deu um exemplo:

— 432 menos o mesmo número invertido. É 432 menos 234. Faz a conta — mandou o menino.

Camila conseguiu fazer de cabeça.

— Dá... 198.

— Então! — disse Zé Pedro, entusiasmado. — Olha bem: 198 tem um 9 no meio e a soma dos números das pontas, 1 mais 8, dá 9 também. É só você perguntar o primeiro ou o último número que você acerta, porque o do meio é sempre 9.

A menina colocou a mochila no chão, abriu, pegou um lápis e fez a conta no muro de um estacionamento. Depois, tentou com 581. 581 menos 185 é igual 396. 9 no meio e a soma de 3 mais 6 dá 9.

— É bico — disse Zé Pedro.

A menina sorriu espantada.

— É mesmo! Se a pessoa disser que o número começa com 3, eu já sei que o último número vai ser 6 e que o número inteiro é 396!

Camila virou-se para Zé Pedro:

— Você é superlegal, sabia?

Uma borboleta-azul atravessou o coração de Zé Pedro.

— Também acho você legal — conseguiu gaguejar ele.

Estava na hora de Camila voltar para casa.

— Vamos nos ver sempre? — perguntou a menina, indo em direção ao ônibus que acabara de chegar.

— Eu quero! — respondeu Zé Pedro, imóvel na calçada.

A menina já estava no primeiro degrau do ônibus quando o menino correu, fez ela se virar com um puxão e beijou seus lábios.

Os dois ficaram espantados, olhando-se em silêncio.

O motorista falou:

— Vamo ou não vamo?

Camila entrou. Por detrás do vidro, sorriu e acenou.

Depois beijou a mão e soprou na direção do menino.

O ônibus foi-se embora rangendo.

Zé Pedro ficou esperando o ônibus sumir lá longe para os lados da avenida Paulista.

Depois levantou no ar, bateu asas, saiu voando, passou por cima dos prédios cinzentos da rua Augusta, viu do alto a avenida Nove de Julho, enxergou a copa de muitas árvores, lá embaixo a praça Catorze Bis, ao longe o MASP, o viaduto que vai dar no túnel, a rua Rocha, a rua Itapeva e, quando voltou a si, estava dentro de casa sentado no sofá da sala, sentindo um calor gostoso debaixo dos ossos do peito.

Como o moleque chegou em casa aquele dia é coisa que até hoje ninguém sabe.

# 16

Deitado na cama, depois do jantar, as imagens rodopiavam suaves no cérebro de Zé Pedro. Ele andando de mãos dadas com Camila na rua. Ele com Camila no Pacaembu assistindo a Corinthians × Palmeiras. Ele e Camila juntinhos no cinema se beijando.

Seu coração batia tranquilo. Agora tinha certeza de que tudo aquilo era possível.

Seria melhor ainda se ele desse um jeito de arranjar pelo menos um pouco de dinheiro.

Um sorriso despontou no rosto de Zé Pedro. Tinha bolado um plano de ação infalível. Arranjaria três papagaios no jardim zoológico e montaria com eles um conjunto vocal. Já tinha pensado em todos os detalhes. Ia preparar e ensaiar muito. E depois ensaiar mais ainda. O arranjo teria até segunda voz. Camila poderia ajudar. E o menino imaginava a cena: ele com uma caixa de sapatos chegando à rua Barão de Itapetininga, no centro de São Paulo, tirando os três papagaios da caixa e colocando num poleiro. Depois, parado na frente, com uma batuta na mão, contaria um, dois, três e:

> Salve o Corinthians
> O campeão dos campeões
> Eternamente
> Dentro dos nossos corações
> Salve o Corinthians
> De tradição e glórias mil
> Tu és orgulho
> Dos desportistas do Brasil!

Nem precisava ser o hino do Corinthians inteiro, delirava o menino. Se os papagaios conseguissem cantar só um pedaço, mas bem cantado, já estava mais do que ótimo.

E Zé Pedro viajava em suas ideias. Na frente dos papagaios colocaria a caixa de sapatos vazia para as pessoas jogarem dinheiro. Fazia as contas. Vamos supor que ele só fosse para o centro uma tarde por semana. Vamos supor que por dia aparecessem cem pessoas para assistir ao espetáculo e só setenta gostassem da cantoria e dessem dinheiro. Vamos supor que cada um desse um real. Um vezes setenta... seriam 70 reais! Por dia! Os olhos de Zé Pedro abriam e fechavam feito uma caixa registradora. Num mês ia dar 280 reais! Isso no mínimo. Era um dinheirão! 280 reais davam para tomar sorvete na sorveteria Alaska, ir ao cinema com Camila e ainda sobrava para comprar a *Gazeta Esportiva* todo domingo. Zé Pedro tinha tanta certeza de que seus papagaios fariam sucesso que não ia se espantar se jornalistas de TV aparecessem para fazer reportagens. O menino imaginou-se diante das câmeras dando uma entrevista:

— Como tudo começou? — perguntava a repórter.

— Bem... — dizia Zé Pedro, pigarreando.

Zé Pedro sabia que não seria fácil conseguir três papagaios e que, depois, ensinar o hino do Corinthians daria muito trabalho. *Mas e daí?*, perguntava ele para ele mesmo. O seu Marão não pesava cento e não sei quantos quilos e agora não era magro feito um palito e ainda corria oito quilômetros por dia subindo e descendo a rua Itapeva? Se o seu Marão conseguiu, ele também podia conseguir! E mais: se a ideia do conjunto vocal de papagaios não desse certo, ele tinha a ideia do livro e, se o livro não desse certo, ele inventava outra coisa!

— Não é proibido sonhar, ter ideias e inventar coisas! — disse ele para ele mesmo.

*Poderia inclusive*, pensou ele, *escrever um livro sobre um menino que largava tudo e saía pelo mundo à procura do pai!*

Uma mancha escura, gosmenta e esverdeada esgueirou-se silenciosa, ameaçando o sonho do menino. Zé Pedro, que já estava com os olhos pingando de sono, apertou as sobrancelhas.

Era a cor dos papagaios. O verde não ficava bem num conjunto vocal de verdadeiros alvinegros corinthianos. Parecia mais coisa do Palmeiras!

Mas logo o menino respirou aliviado. Fechou os olhos. Não tinha problema nenhum. Por uma baita coincidência, por um desses acasos sortudos do destino, sua mãe era costureira. Ia pedir a ela que fizesse três camisetinhas brancas com o símbolo do segundo, único e verdadeiro amor de sua vida. O primeiro amor, claro, estava na cara, era Camila!

# TRÊS LADOS DA MESMA MOEDA

# 1

**CARLÃO** salta do ônibus e voa, de dois em dois degraus, pela escada da rodoviária. Carrega uma sacola de pano xadrez e uma maleta de couro coberta de adesivos. As pessoas lotam os corredores e os guichês. Gente com cara de quem acabou de chegar esbarrando em gente pronta para ir embora. Todos, em todo caso, parecem atrasados. O relógio preso sobre a porta do banheiro da estação marca 7h08.

O rapaz entra no banheiro. Abre a braguilha diante do vaso e fecha os olhos inchados de sono. A seu lado, um homem lê jornal enquanto também esvazia a bexiga. Pelo alto-falante, uma voz anuncia a partida do ônibus tal, plataforma tal. O rapaz aperta a descarga, lava as mãos, arreganha os dentes na frente do espelho, cospe na pia, sai e entra na fila do orelhão ao lado de uma banca de jornal.

— E o que é que eu faço? — pergunta uma mulher falando ao telefone.

O rapaz acha duas fichas no bolso.

— Mas ela vai ou não vai?

A mulher conversa meio de lado, com um dos ombros fora do orelhão. Balança a cabeça:

— Tudo bem, agora me explica: o que é que eu posso fazer?

O rapaz coloca a sacola no chão.

A mulher bate o telefone e vai embora.

O seguinte, um homem meio curvo, pega o telefone e disca um número.

— Alô! — A voz do sujeito é rouca e fina. — Zé? — pergunta ele. — Quem tá falando aí? Zé? — A ligação parece péssima. — Sou eu! Não estou escutando nada! — grita o sujeito. — Fala mais alto!

E mais adiante:

— Sou eu! Ué! Quem mais podia ser?

Os olhos de Carlão examinam o homem. Sua cabeça, entretanto, está longe dali. Dentro de seu corpo, os sentimentos trombam confusos. Sente vontade de desistir, procurar a bilheteria da rodoviária, comprar uma passagem e voltar correndo para o Rio. Ao mesmo tempo, quer ficar em São Paulo e levar seu plano até o fim.

— Você ficou louco! Esquece! Assim não tem como!

O sujeito desliga.

É a vez de Carlão, que coloca duas fichas, examina um papelzinho amassado e disca um número. "Você ligou para 4383-8000. No momento não podemos atender. Aguarde o sinal e após o bip..."

A voz na secretária eletrônica é de mulher moça e tem um leve sotaque.

— Alemão, acabei de chegar. Cadê você? Estou indo deixar as coisas na casa do meu primo. Ligo mais tarde. Tchau.

O rapaz coloca o fone no gancho, acende um cigarro e mergulha no rio humano que corre espremido pelo corredor, saindo da rodoviária, rumo à estação do metrô. O rio vai desembocar no trem que parte para o Jabaquara. O metrô chega. As portas se fecham. Os pensamentos do rapaz partem entrelaçados: excitação e expectativa misturadas com culpa, dúvida e, principalmente, medo.

Na estação da Luz, entra uma moça abraçada a um fichário. Vai cavando espaço no meio da multidão. É bonita. Dezessete, dezoito anos. O rapaz sente vontade de chegar mais perto. Seus olhos conseguem tocar os olhos dela por um instante. A moça vira de lado e fixa um ponto qualquer a quilômetros e quilômetros dali.

Carlão suspira.

Chegar em São Paulo, na casa do primo, assim... sem avisar. Ter que mentir. Entrar numa situação que nem sabia direito qual era. Outro suspiro. Lindinha, a menina ali ao lado! Às vezes, o rapaz sentia vontade de sair fora de seu corpo, de mudar de nome, de estar livre, de ser outra pessoa, com outros sentimentos. Agora lá estava ele, com aqueles sentimentos, enfiado naquele maldito metrô, tendo que enfrentar tudo aquilo.

A menina ao lado tem três brinquinhos na orelha esquerda.

Um terceiro suspiro escapa do rapaz.

# 2

A menina, debaixo do piano da sala, é magra e delicada. Tem 7 anos. Tem cabelos curtos e veste um pijama azul-claro. Nos pés, chinelinhos de pano cor-de-rosa.

Trouxe quatro tampinhas de remédio cheias de água, um pires com um pouco de terra, um dedal, um punhado de folhas, uma lata de talco, uma fita isolante, um alicate de unha e uns pneuzinhos de borracha, arrancados de algum carrinho de brinquedo e que agora servem de suporte para bolas de gude.

A menina conversa baixinho.

Várias caixas de fósforos encapadas com papel colorido estão espalhadas sobre o tapete. Uma delas, com algodão dentro, está aberta.

A menina segura uma boneca. A boneca, uma moça de ferro pintada à mão, deve ter uns dois centímetros de altura. Era uma das passageiras de um trenzinho elétrico quebrado e aposentado, faz tempo, na despensa debaixo da escada.

Enquanto dá banho na boneca, a menina sussurra carinhosamente. De repente, fica zangada. Sacode a cabeça. Dá um pito. E ensaboa, enxágua, seca com uma toalhinha, passa água-de-colônia e depois deita a moça na cama de caixa de fósforos e a cobre com um trapo de lã vermelha.

A campainha da casa toca.

A menina sai de debaixo do piano, apaga o abajur da sala e volta na ponta dos pés para perto da boneca. Começa a cantar baixinho uma cantiga de ninar.

A campainha toca de novo.

A menina quieta debaixo do piano.

A campainha toca estridente.

— Será que não tem ninguém pra abrir essa porta? — resmunga uma mulher, enxugando as mãos no avental.

— Luciana! Cadê você?

A menina beija a testa minúscula da moça de ferro deitada na caixa de fósforos.

Vozes na varanda:

— Carlão!

Lá fora, o portão de ferro range enferrujado. A mulher volta para a sala segurando uma sacola de pano xadrez, seguida por um rapaz risonho com seus 16 ou 17 anos.

— Menino! Que surpresa! Entra aí!

A porta de entrada fica aberta deixando passar a luz, uma borboleta-azul e o perfume da manhã.

— Quanto tempo, Carlão! Nossa! Você espichou! E sua mãe? Melhorou?

O rapaz carrega uma mala pequena de couro. Comprido e desengonçado, tem o rosto corado, espinhas, os cabelos curtos e espetados e uma ameaça de bigode pendurada debaixo do nariz. Fala alto e solta o vozeirão:

— Cadê o Edu? Cadê aquela figura?

— Pra variar, foi trabalhar. Você conhece o Eduardo: só pensa em trabalho, trabalho, trabalho — diz a mulher, ajeitando a sacola de pano sobre a cadeira. — Senta, Carlão. Vou fazer um cafezinho...

— Não precisa, Mariza. — O rapaz passeia pela sala. — E a Lu?

— Brincando por aí. Hoje não foi à escola. Passou mal à noite, com falta de ar. Espera que eu trago um café quentinho.

A mulher desaparece na cozinha. Carlão joga o pulôver sobre o sofá. O sorriso some de seu rosto. Parece preocupado.

Olha o relógio. Imóvel debaixo do piano, a menina espia. O rapaz acende um cigarro e fica parado na frente da estante examinando os livros.

Depois, senta-se ao piano. Toca uma e outra nota. Experimenta um acorde. Grita:

— Está afinado, Mariza?

Encolhida, a menina observa aquelas canelas peludas saindo da calça desbotada de brim. O rapaz começa uma música. Os tênis marcam o compasso perto da caixa de fósforos onde dorme a moça de ferro. A música agita a sala. O moço toca bem. A menina tapa os ouvidos.

Chegam as xícaras chacoalhando na bandeja.

— Puxa, Carlão! Você tocando cada vez melhor! Pelo jeito, continua estudando firme — diz a mulher, colocando a bandeja sobre o piano. — E aí? Tudo bem? Que surpresa foi essa?

De novo todo risonho, o rapaz enche a xícara de açúcar.

— Desculpe aparecer assim, de repente. É que arranjei um curso aí pra fazer. De informática. Começa amanhã, terça-feira. É intensivo. São só quatro dias. Parece legal. Decidi tudo na última hora, Mariza. Não deu pra avisar — explica o rapaz, segurando a xícara. — Deu a louca, juntei as coisas, entrei no ônibus e vim pra São Paulo. Dá pra eu ficar aqui por uns dias? É por pouco tempo. Sábado de manhã estou indo embora. Se não der, tudo bem, eu me viro.

A mulher ajeita as xícaras na bandeja.

— A gente dá um jeito. Você fica na salinha ao lado do quarto da Luciana. Acho que não tem problema.

Um estalo embaixo do piano.

Carlão franze a testa. Depois, pisca para a mulher e se agacha devagar.

— Quer dizer que essa bandidinha sapequinha estava aí o tempo todo e nem veio dar um beijo no primo?

Salta de joelhos para debaixo do piano. A menina encolhe--se mais ainda.

— Ô sua malvada, vem cá! Ué! — O rapaz examina a caixinha de fósforos. — Que é isso? Deixa eu ver?

A menina baixa os olhos.

— Hum... — o moço agora fala baixo. — Deve ser uma princesa bem bonita que mora aí nesse castelo... É?

A menina não diz nada.

— Ela vai dormir, já dormiu ou ficou doente?

A menina olha para o moço.

— E essas bolinhas de gude nos pneus? Já sei. São uma espécie de tesouro!

— São só enfeite. Ela já está dormindo.

O rapaz sorri, abraça e beija a menina.

— Olha o que eu trouxe pra você.

Enfia a mão no bolso e tira um embrulhinho azul.

A menina abre. É um chaveiro com um esqueleto prateado na ponta.

— Gostou? Pra guardar suas chaves.

Os olhos de Luciana brilham.

Carlão espia o relógio. Diz que precisa tratar das coisas do curso, fazer a inscrição, pagar a taxa no banco e comprar o material.

Despede-se e sai.

# 3

Foi uma tarde agitada. Carlão volta às 19h e encontra a família assistindo ao noticiário na televisão e esperando para jantar.

— Puxa uma cadeira aí, moleque! — grita Eduardo, depois dos abraços, sentando à mesa, já posta. — Que raridade você aparecer!

— Fazia quase dois anos que eu não punha os pés em São Paulo, acredita?

Eduardo continua:

— Se a gente não fosse de vez em quando ao Rio visitar a tia Ângela, sabe quando a gente ia se ver? Nunca!

O rapaz dá notícias dos parentes do Rio. Fala da praia, do cursinho, do calorão de sempre e das aulas de piano.

Mariza passa o guardanapo nos lábios.

— Ainda bem que você apareceu, Carlão. Vamos ver se pelo menos agora com sua visita o Edu para um pouco em casa...

O marido faz um movimento brusco, colocando os talheres sobre a mesa.

— Pronto! Já vai começar! Por que você é assim, hein, Mariza?

A mulher ergue as sobrancelhas:

— Assim como? Você é que é assim... Não dá satisfação, chega em casa na hora que bem entende...

Uma nuvem cinzenta sobrevoa a sala de jantar.

Eduardo levanta-se irritado.

Luciana olha para o primo.

# 4

Na tarde de segunda-feira, bem antes da nuvem cinzenta sobrevoar a sala de jantar, Carlão sai da casa do primo e vai direto até o primeiro telefone público, puxa o papelzinho com um número anotado e disca. De novo, a maldita secretária eletrônica.

— Alemão! Já cheguei! Cadê você, animal? Faz o seguinte: estou indo aí.

O rapaz desliga o telefone e toma novamente o metrô. Na estação Paraíso, muda de trem, desce no Hospital das Clínicas, pega a Teodoro Sampaio e segue a pé até um prédio desbotado, Edifício Marumbi, dois quarteirões abaixo, rua Capote Valente.

— Vou no Ingo Weber, apartamento 32 — avisa o rapaz ao porteiro, e dirige-se para o elevador.

Sobe. O corredor está escuro. Toca a campainha. Passos. Uma tosse. A porta se abre.

— Carlão! — resmunga um rapaz alto e loiro de cabelos compridos. — Estava ouvindo seu recado na secretária neste instante. Acordei agora — continua ele, ajeitando os óculos sobre o rosto marcado de sono. — Entra! Tudo bem? Passei a noite estudando...

O apartamento é pequeno. Quarto, sala, banheiro, cozinha e área de serviço.

Carlão dá uma olhada geral.

— Legal aqui — diz, antes de jogar-se num almofadão. — Sua irmã está?

O outro entra na cozinha e volta com um copo de leite.

Fala com sotaque carioca. Conta que a irmã já foi para o

trabalho faz tempo. Que ele tinha varado a noite estudando Física. Pergunta do Rio de Janeiro, pede notícias de amigos em comum. Diz que está difícil morar em São Paulo, mas foi obrigado pelo pai, que alegou que o cursinho era melhor e mais barato.

— Pra mim, ele quis que eu viesse só para xeretar a vida da minha irmã... E a Rê? — Ingo fecha os olhos e dá vários beijos no ar.

Ambos dão risada.

— Como é que você arrumou grana para vir? — pergunta Ingo.

Carlão explica que tinha algum dinheiro guardado, mas que precisou mentir. Acabou inventando um curso de informática.

— Curso de informática?

Meu pai não ia me deixar faltar no cursinho por causa do seu tio. Inventei um tremendo curso intensivo de informática, só quatro dias e de graça, e falei que dava para ficar na casa do meu primo. No fim, ele topou.

O outro dá risada.

— Depois do seu telefonema — completa Carlão — vi que precisava vir de qualquer jeito!

Ingo olha agradecido para o amigo. Faz cara preocupada. Diz que seu tio está cada vez pior.

— Afinal o que está acontecendo? — pergunta Carlão, ajeitando-se na almofada.

— O velho pirou.

O rapaz limpa os óculos. O tio, na verdade um tio-avô, irmão do pai da sua mãe, está com quase 90 anos e mora sozinho. Estava tudo bem, mas ultimamente o velho deu para aprontar e fazer besteira, uma atrás da outra.

— Vocês o levaram ao médico? — Carlão pergunta enquanto examina um dos CDs espalhados pelo chão.

— Vocês, não! — resmunga o outro. — A Beth trabalha, a Beth estuda, a Beth vai casar... quem tem que fazer tudo aqui sou eu...

— Casar?

Ingo conta que já tinha procurado vários médicos. Gastaram um dinheirão com psiquiatras, geriatras e até neurologistas. Cada um disse uma coisa, mas no fundo é o seguinte: o velho estava ficando caduco por causa da idade.

— Depois que a tia Emma morreu, a coisa piorou — explica ele, pronunciando *piorou* como se a palavra tivesse dois erres.

Seu tio sempre tinha sido um homem pacato, quieto e trabalhador. Um tipo que falava pouco, gostava de beber cerveja e de passar os fins de semana em casa, em sua oficina, fazendo pequenos consertos. Segundo o rapaz, tudo começou quando o velho foi obrigado a se aposentar. Desde então, o tio começou a se sentir um inútil. Depois, para piorar, ficou viúvo e seus amigos começaram a morrer.

— Morreu um atrás do outro — conta o rapaz com os lábios brancos de leite. — Também, o mais moço tinha uns 330 anos!

Segundo Ingo, com a morte da esposa, primeiro o velho se deprimiu e depois saiu da realidade.

Carlão vai até a cozinha tomar água e volta examinando os cartazes pendurados nas paredes.

— Bem legal o apartamento da Beth... não sabia que ela ia se casar...

— Vai ser no fim do ano — comenta Ingo. — Agora anda aí feito louca tentando juntar dinheiro...

— E o cara?

— O Alfredo?

Alemão sacode a cabeça com ar decepcionado:

— É a pior múmia que eu já vi até hoje. Lembra do Luizão? Pior ainda!

Ri balançando a cabeça.

— Sabe esse tipo de cara com quem não dá para conversar? Não faz nada, estuda Sociologia, trabalha numa ONG que mexe com cultura indígena, não gosta de futebol, só fala de política e educação e vive lendo poesia. Vou resumir: é um bolha ambulante. Já avisei a Beth.

Carlão ri.

Ingo volta ao assunto do tio. Diz que antes o velho agia como uma pessoa normal. Agora vive trancando tudo e volta e meia perde a chave. Acende e apaga a luz o dia inteiro. Pega o telefone, liga para um número qualquer e ainda discute com a pessoa do outro lado da linha. Às vezes, dá um branco e não conhece mais ninguém. O rapaz conta que, durante toda a vida, o tio — que é engenheiro — teve mania de mexer com motores elétricos. Passava os fins de semana em casa, na oficina, consertando e até criando novos aparelhos. Agora, caduco, segundo o rapaz, o velho tinha dado para inventar umas engenhocas sem sentido, que não serviam para nada.

— Não é normal. Qualquer dia ele ainda põe fogo naquela casa ou morre eletrocutado!

Ingo senta-se no sofá. Não está aguentando mais. Não consegue nem estudar direito.

— De parentes vivos, ele só tem eu e a Beth, fora minha mãe, que mora no Rio e vive doente. Terça-feira passada — conta o rapaz —, tio Werner pulou o muro, invadiu a casa do vizinho, levou e soltou na praça todos os bichos que o cara tinha: dois cachorros de raça, uma tartaruga e ainda vários passarinhos, inclusive um corrupião! O bicho sabia cantar até o hino nacional! Foi aí que eu resolvi chamar você. Não conheço ninguém em São Paulo.

O Alemão leva o copo até a cozinha e volta com um pacote de biscoitos:

— O vizinho chamou a polícia. O cara queria bater no meu tio. Ligaram aqui em casa. Fui lá e quase tomo um cascudo! No dia seguinte, o velho voltou e escreveu com tinta azul no muro do sujeito: "bosta".

Carlão acende um cigarro, divertido.

O outro avisa que a irmã não vai gostar do cheiro de cigarro na casa dela.

Diz também que precisa de ajuda. Ingo precisa estudar para o vestibular, mas não consegue se concentrar por causa do tio. Está ficando neurótico. Beth trabalha o dia inteiro na agência e vai para a faculdade à noite. Fim de semana sai com o Alfredo e ajuda só às vezes. A mãe de Ingo, a única parente viva do tio, vive no Rio, numa cadeira de rodas. A família é alemã, sem parentes no Brasil. Alguém tem que fazer alguma coisa e, para variar, tinha sobrado para ele.

— Se acontecer uma desgraça com o velho, a culpa vai ser minha! — conclui o rapaz com cara assustada.

— E aí? Onde eu entro? — pergunta Carlão, examinando o amigo.

Ingo vai para a beira do sofá:

— A gente vai ter que colocar meu tio num asilo.

— Ele sabe?

— Não.

— E se ele não topar?

Os olhos do Alemão ficam mais azuis:
— Ele não vai topar.

# 5

Na manhã seguinte, terça-feira, Mariza desce do quarto visivelmente contrariada. Arruma a mesa fazendo barulho, como se estivesse tentando quebrar a louça de propósito. Durante o café, Carlão conta ao primo que, totalmente por acaso, encontrou no curso de informática um amigo de infância, Ingo, que morava no Rio, no mesmo prédio de Carlão, mas que agora está morando em São Paulo.

— Pelo nome, o cara é alemão. Fazendo o quê por aqui? — pergunta o primo.

— O Ingo é carioca de família alemã. Está fazendo cursinho... acho que para Engenharia Química.

Eduardo faz uma careta ao ver o primo acender um cigarro:

— Ô, Carlão, quando é que você vai largar essa porcaria? Esse troço faz mal! Essa fumaceira empesteia a casa inteira e ainda envenena quem está em volta!

— Faz mal pro pulmão, faz mal pro coração, faz mal pra bexiga, tira o fôlego, dá alergia, dá câncer e ainda por cima custa caro — diz a mulher, voltando da cozinha com um cinzeiro de vidro na mão.

O primo dá uma tragada sem jeito. Diz que já tinha tentado parar três vezes, mas acabou voltando.

— Sei que faz mal, mas, sei lá, não estou conseguindo largar...

Por um instante, Carlão solta os olhos no espaço sem fim:

— Acho que vou precisar de um motivo muito forte... uma razão muito especial, uma desculpa muito profunda pra largar... — diz, poluindo o ambiente com outra baforada.

Luciana ouve a conversa mergulhando uma fatia comprida de pão com manteiga na xícara de café com leite.

Imagina o primo magro, de pijama, pálido, careca, com um esparadrapo na testa, tossindo, sentado numa cadeira de rodas empurrada por ela na praça perto de casa.

Imagina um cachorro preto imenso pulando de surpresa o muro de uma casa e avançando sobre eles.

Imagina os dentes arreganhados do cachorro, o primo na cadeira de rodas tropeçando, caindo, tossindo e gritando por socorro com uma voz fininha.

Imagina o cachorro em cima do primo caído no chão.

Imagina as mordidas abrindo buracos no pijama de Carlão e pelos buracos saindo uma fumaceira verde, suja e malcheirosa.

Luciana não consegue engolir mais nada. Coloca o pão no prato. Por um instante, seus olhos ficam cheios de lágrimas.

Naquela manhã vai para a escola, levada pelo pai, mas vai quase sem comer nada.

Carlão aproveita e pega uma carona com o primo. É o primeiro dia do "curso intensivo de informática".

★

Naquela tarde, quando Mariza volta do trabalho, descobre que a filha não tomou o lanche das quatro da tarde, como sempre. A mãe, que já andava nervosa, fica mais nervosa ainda.

— Filha, parece até que você gosta de ficar doente!

Chega a colocar um termômetro em Luciana. A temperatura está normal. Dá à filha trinta gotas do remédio para asma, por via das dúvidas.

Carlão chega do curso de informática um pouco mais tarde. Atira o agasalho sobre o piano.

— Tem alguém em casa?

— A mamãe foi ao supermercado, mas já deve estar chegando — responde a menina.

— E o Edu?

— Só chega mais tarde.

O rapaz parece mal-humorado. Desaba no sofá, chuta os tênis longe e abre o jornal.

— Carlão...

O primo desaparece atrás do jornal.

— ... quer ver uma coisa?

— Agora não — resmunga o rapaz. — Deixa eu ler um pouco...

A menina volta para debaixo do piano. O primo folheia o jornal, sacode a cabeça, vai até a cozinha tomar água e volta dizendo:

— Vamo ou não vamo?

— O quê?

— Ver uma coisa, ué!

Luciana pega a mão de Carlão. Fora da casa, ao lado da entrada para o automóvel, tem um jardim pequeno, mas muito bem cuidado. Num cantinho atrás de uma moita, perto da torneira, passando o muro de unha-de-gato, umas coisas estão espetadas na terra.

A menina e o rapaz agacham-se ali.

— Aqui é a minha hortinha.

— Você plantou tudo sozinha? — pergunta o rapaz, admirado. — Que trabalheira!

De um lado, palitos, enfileirados, nascem da terra.

— É minha plantação de sorvete. Não é bonita?

O primo concorda.

Mais adiante a menina havia plantado dinheiro:

— Tudo notinha miúda, trocado e moeda velha. Quando eu crescer vou ter um monte de dinheiro só pra mim.

A menina sorri com sua brincadeira de faz de conta.

Perto, saíam da terra uns pedaços retorcidos de papel e tiras de pano verde.

— Aqui — explica a menina — eu plantei alface, couve e espinafre.

— E essas torradas secas? — quer saber ele.

— Também plantei um pouco de pão.

Fora isso, numa latinha, a menina guardava apetitosos biscoitos feitos de terra, decorados com fósforos e botões de camisa.

Carlão sorri.

— Tá com fome? — pergunta a menina.

O rapaz diz que sim.

— Então espera um pouquinho.

Luciana sai correndo. Volta com duas xícaras de plástico cheias de água. Prepara os pratos com biscoitos de terra, um pouco de verdura de pano verde e torradas de pão velho. Abre uma toalhinha de rosto no chão e senta-se.

— Está na mesa. Bom apetite!

O moço pega os garfinhos de plástico.

— Cadê o guardanapo?

A menina arregala os olhos:

— É mesmo!

Voa para casa e volta com dois pedaços de papel higiênico cor-de-rosa.

Carlão coloca o papel preso no colarinho e finge que está mastigando o biscoito de terra.

— Delicioso! Você mesma que fez?

A menina, orgulhosa, faz sim com a cabeça. Finge que está mastigando também.

— Me passa um pouco d'água?

— Pois não.

E assim os dois ficam conversando e brincando até a noite chegar.

Na hora do jantar, tanto Luciana como o primo comem pouco.

— Tô sem fome, mãe.

Mariza coloca as mãos na cintura:

— Luciana... quando é que você vai largar de ser chata e aprender a se alimentar direito? Parece criança! Depois fica com asma e não sabe por quê!

Volta-se para o primo:

— Carlão! Vai ficar aí fazendo cerimônia?

— Não... é que hoje à tarde... eu... tomei um lanche delicioso com uma velha e querida amiga.

Os dois primos cruzam os olhos em silêncio.

Lá fora, a noite parece uma caixa de veludo negro cheia de pedras preciosas.

# 6

Na manhã da mesma terça-feira, antes de tudo isso, Carlão chega à rua Capote Valente às nove da manhã. Ingo não está na portaria, conforme o combinado.

Carlão estranha. O porteiro acha que ele já deve ter ido para o cursinho. Tenta pelo interfone. Ninguém atende. O elevador vem descendo. É Beth.

— Carlão!

A moça veste um suéter preto, tem os cabelos soltos e, pelo jeito, acabou de sair do banho.

— Quanto tempo! — diz ela.

— Oi!

A moça continua:

— Que saudade do Rio! E o pessoal lá do prédio? Sua mãe está boa? E minha mãe? Você tem visto? E a Fá? A Tetê... Namorando a Tetê ainda?

Carlão fica sem jeito.

A moça pisca o olho:

— Já soube do curso de informática que você inventou. Que cara de bronze!

O rapaz ri.

— Foi bom você ter vindo dar uma força, Carlão. Muito obrigada! — continua ela. — O Ingo anda preocupado com o tio Werner e eu neste momento não tenho como ajudar.

A moça olha o relógio.

— Deixa eu ir. A gente se vê. Pena... entro às 9h na agência e já são 9h. Aparece — diz ela, soprando um beijinho da mão. — E vê se da próxima vez abre a janela quando fumar lá em casa...

— Cadê o Alemão? — pergunta Carlão.

— Sobe. Pra variar, o Ingo ainda está lá dormindo — diz a moça, desaparecendo atrás da porta de vidro.

Carlão toma o elevador. Encontra a porta do apartamento do amigo destrancada e Ingo na sala, no sofá-cama, entre os lençóis, roncando feito um trator. Pelo chão, um pé de chinelo virado de cabeça para baixo, livros de física e química, CDs espalhados, fórmulas matemáticas presas com durex nas paredes, a tabela periódica, cadernos, apostilas, um prato de fundo vazio com uma colher e pedaços de aveia grudados no fundo, um copo d'água, uma latinha aberta de leite condensado, uma bola de futebol de salão e um pires com uma vela grossa, apagada, pela metade. Sem dúvida para os dias em que falta luz no bairro.

Carlão deixa os olhos rodarem pelo apartamento. Por um instante, seu rosto fica tenso. Depois, sacode a cabeça e espia o amigo dormindo. Sorri. Pega a vela e senta-se numa cadeira ao lado da cama. Deitado de bruços, Ingo dorme sem camisa. Sua pele é branca feito um queijo de minas. Carlão tira o isqueiro do bolso, acende a vela e espera até o fogo pegar bem. Depois estica o braço, leva a vela bem para o alto e vira de lado, deixando pingar a cera quente nas costas do amigo, que salta berrando, com os olhos vermelhos.

Ao ver Carlão às gargalhadas, o Alemão mergulha de novo no sofá-cama e desaparece embrulhado no lençol, xingando em português e em alemão a brincadeira besta do amigo.

Mais tarde, os dois descem e tomam um ônibus, conversando animadamente. Saltam poucos pontos adiante, logo depois do cruzamento da avenida Sumaré, e descem a pé até uma casinha antiga na rua Girassol. Tocam a campainha.

Uma mulher aparece na janela, sorri e vem abrir o portão, enxugando as mãos no avental.

— Oi, Jardilina. Tudo bem aí? E o meu tio?

Os dentes brilham maliciosos no rosto redondo da moça.

Os dois amigos entram.

A sala escura cheira a mofo. Pelas paredes, paisagens europeias misturadas com vasos e esculturas antigas, fotografias amareladas, um cuco, um moinho de vento, uma galinha de louça e alguns livros e revistas. Sobre mesinhas e estantes, um enxame de bibelôs cerca um sofá estampado e duas poltronas de pano grosso. Os sofás e poltronas estão sem as almofadas.

— Fora daqui!

Um rolo de papel higiênico passa feito uma flecha e quase acerta a cabeça de Carlão.

— Agelastos! — grita uma voz. — Frascários dos infernos! Vão pegar no pé da sua mãe!

A voz, com forte sotaque germânico, vem de uma salinha anexa à sala de estar. É uma espécie de escritório cheio de livros e, ao mesmo tempo, uma oficina com ferramentas penduradas e enfileiradas cuidadosamente na parede e uma bancada de trabalho. A porta está aberta, mas interrompida pelas almofadas dos sofás que formam uma espécie de barricada. Apesar de a luz da salinha estar acesa, não se vê ninguém.

Ingo grita irritado:

— Sai já daí, tio Werner!

Um velho de cueca, muito magro e sem camisa, com cabelos brancos despenteados e o rosto pintado de vermelho ergue-se de trás das almofadas segurando um cabide.

— Ingo! — diz ele, com os braços abertos, saltando por sobre as almofadas.

— Mas o que é que o senhor tem na cabeça, tio? — reclama o rapaz com as mãos na cintura. — Está ficando louco?

O velho aperta os olhos azuis, que brilham por entre a pele branca e enrugada.

— Pensei que fossem os agelastos de novo...

Olha desconfiado para Carlão. Depois sorri, como se houvesse entendido tudo:

— Claro! Que surpresa! — exclama, enquanto segura o braço de Ingo. — Você trouxe seu filho!

E olhando espantado para Carlão:

— Rapagão, hein? — Sorri, dando um tapa em Ingo. — Quase do seu tamanho, Ingo! Hein?

Carlão não sabe o que dizer.

— Para com isso, tio! Ele tem a minha idade. O senhor não está vendo? É um amigo. Mora no Rio...

O velho fica interessado.

— Ah... — diz, examinando Carlão de cima a baixo.

Fala com seu forte sotaque alemão cheio de erres. Em seguida, voltando-se para a empregada parada ali perto:

— Jardilina, a porta da cozinha está fechada?

— Tá, sim senhor.

— E o quartinho lá atrás?

— Também tranquei.

— Ótimo! Não quero ninguém por lá bisbilhotando.

Jardilina tem 30 e poucos anos. É alta e ligeiramente gorda. Fala com seu Werner sempre com um jeito meio cantado, quase de brincadeira, como se estivesse respondendo àquelas perguntas pela milionésima vez.

— Tio! Agora vamos arrumar essa bagunça. Vai vestir uma roupa! E vê se limpa essa cara!

As rugas tomam conta do rosto do velho:

— Não posso, Ingo! Tenho que estar preparado. Eles podem atacar a qualquer momento. Ele querem me pegar. Minha casa já está cercada!

— Eles quem? — pergunta Carlão, levando as almofadas de volta aos seus lugares.

— Os agelastos! — grita o velho, com os olhos assustados. — Se vierem me pegar, arrebento todo mundo com meu tacape — ameaça valente, apertando o cabide nas mãos.

Ingo não disfarça a irritação.

— Tio Werner! Pelo amor de Deus! Para com esse negócio de agelástiscos!

— Não é lásticos! É lastos, Ingo! Agelastos!

— Tio, está todo mundo preocupado com o senhor! Mamãe liga três vezes por dia para saber como o senhor está, e o senhor fica aí fazendo papel de maluco! Quer fazer o favor de parar de bancar o moleque sem juízo? Não tem sentido!

O velho senta-se na poltrona ainda sem almofada. Carlão examina aquele velhinho simpático, magro, descabelado, de cueca, com o rosto pintado de azul.

Jardilina surge trazendo uma bandeja de café.

— Calma, pessoal — pede ela com jeito. — Tá tudo bem. Com açúcar ou sem açúcar? — pergunta ainda, servindo o café.

— Então quer dizer que você mora no rio? — quer saber o velho, puxando assunto com Carlão. — Que rio? Tietê ou Pinheiros?

Carlão sorri. Ingo dá um tapa na mesa.

— Tio! O senhor está fazendo de propósito! Para de ficar bancando o bobo! Vê se se controla pelo menos um pouco!

— Rio Tamanduateí? — insiste o velho.

Ingo não está para brincadeiras:

— Não tem graça nenhuma, tio Werner. O Carlão é carioca como eu! Mora no Rio de Janeiro. Rio de Janeiro! — frisa o rapaz.

Seu Werner segura a xícara com a mão trêmula. Olha dentro dos olhos do sobrinho. Olha para Carlão e para Jardilina. Depois desata uma gargalhada inesperada, entornando o café sobre as cuecas. Lágrimas de alegria escorrem pelo seu rosto:

— Rio de janeiro... rio de fevereiro... rio de março... — diz, caprichando nos erres e olhando para Ingo: — E rio da sua cara também!

Ingo enfia a cabeça entre as mãos.

# 7

Aquela longa e complicada quarta-feira teve três partes. A primeira, começa como um dia qualquer.

O pai de Luciana sai apressado para o trabalho, levando a filha para a escola.

Carlão pega uma carona para o "curso de informática".

Mariza fica arrumando a casa. É a hora que ela tem para dar um jeito nas coisas. À tarde, trabalha como recepcionista de uma clínica no centro da cidade. Dá o tempo justo de servir o almoço da filha e sair ventando. Três vezes por semana vem uma empregada lavar e passar roupa, fazer a faxina e tomar conta da menina. Nos dois outros dias, Luciana fica em casa sozinha.

Luciana chega da escola cansada, almoça, despede-se da mãe, assiste televisão, faz a lição e dorme um pouco. Depois toma lanche e vai brincar de boneca debaixo do piano. Está acostumada a passar as tardes assim.

Lá pelas 18h, escuta o portãozinho de ferro rangendo. É o primo. A menina finge que está dormindo. O rapaz entra apressado e vai direto para a cozinha. Volta com dois copos d'água cheios de gelo, resmungando por causa do calor. A prima, agora, está na frente da televisão.

Carlão passeia pensativo pela sala. Parece preocupado com alguma coisa. Luciana acompanha o primo com o rabo do olho. O rapaz fala consigo mesmo e diz não com a cabeça. Depois, olha para a menina.

— Sabe tocar piano? — pergunta ele, sentando no braço do sofá.

— Só com dois dedos. Toco um pouquinho do "Bife".

O rapaz acaba com os dois copos d'água num gole só.

— Então vem cá. Desliga essa droga de TV. Deixa eu ver como você toca.

A menina vai para o piano, enquanto o primo puxa outra cadeira e senta ao seu lado esquerdo.

Enquanto Luciana toca o "Bife" com os dois dedinhos, o rapaz faz o acompanhamento. Um, dois, três; um, dois, três. No início a música sai meio desencontrada, mas aos poucos vai tomando corpo. Os dois tocam e dão risada e tocam cada vez melhor e mais depressa. Carlão, então, ensina a segunda parte da melodia. É uma festa. Os dois parecem endiabrados martelando no piano. Ficam tocando o "Bife" até cansarem.

A menina para e enxuga a testa.

— Conhece o "Tico-tico no fubá"? — pergunta o primo.

— Tico-tico?

— No fubá. É superlegal. Quer ver? Olha aqui.

Começa a tocar.

A menina, em pé ao lado do piano, fica vendo as mãos do primo voarem elétricas pelo teclado.

Depois, não resiste e começa a dançar.

O rapaz toca cada vez mais alto. Outras músicas agitadas vão saindo do piano. Um boogie-woogie, por exemplo.

— *Boogie-woogie*? — pergunta a menina, encantada.

E Carlão, em seguida, desfila dois chorinhos muito velozes: "Apanhei-te, cavaquinho" e "Odeon". Depois ataca de "Brasileirinho". Toca até "Lady Madonna", dos Beatles.

Sentado no banquinho, o rapaz remexe o corpo inteiro. A menina salta e dança pelas poltronas às gargalhadas, dá cambalhotas e mergulha nas almofadas espalhadas pelo chão.

Depois, corre pela escada acima e volta com o sapato prateado de salto alto da mãe, lambuza a boca de batom, transforma uma lata de biscoitos num tambor e sai pela sala em disparada, uivando, gingando, cantando, rebolando e batendo na lata com uma colher de pau.

— Luciana!!!

Mariza surge na entrada da sala, agarrada em duas sacolas de supermercado.

A menina, vermelha, para de pé sobre o encosto da poltrona, quase sem respiração. Carlão trata de ir fechando o piano.

— Vocês não têm juízo? — grita, furiosa, a mãe da menina.

Reclama da desordem na sala. Reclama do barulho que dava para ouvir do outro lado da rua. Diz que Luciana vive com falta de ar, mas que para fazer besteira e bagunça sempre sarava na hora. Pergunta quem ia arrumar a sala. Diz que a filha já tinha faltado na escola aquela semana e não podia ficar excitada daquele jeito por causa da asma.

— A culpa é minha, Mariza — desculpa-se o primo. — Não fica brava com ela não. Fui eu que encasquetei de tocar e a gente se empolgou. Desculpe. Não se preocupa. Pode deixar que eu arrumo tudo.

Mais tarde, o ambiente da casa fica ainda mais tenso.

Eduardo não vem para o jantar.

Mariza não consegue disfarçar o mau humor.

Carlão come pouco e vai para um canto em busca de um dicionário. Encontra um grande, um *Dicionário Caldas Aulete* com cinco volumes. Carlão pega o primeiro volume. Procura uma palavra começada com a letra A. Lê. Lê de novo. Fica pensativo e fecha o livro.

Depois do jantar, Luciana fica brincando na sala.

O pai chega e logo começa a discutir com a mulher. Os dois sobem para o quarto brigando.

Luciana se encolhe embaixo do piano.

Carlão não consegue ler mais nada.

Mesmo com a porta do quarto fechada, dá para ouvir o casal discutindo.

De repente o rapaz tem uma ideia.

— Topa ouvir uma história?

A menina sai de debaixo do piano e senta-se no sofá.

O rapaz explica que seu avô costumava contar a mesma história pra ele. E começa:

> Era uma vez um rei que um dia, sem mais nem menos, mandou chamar seus ministros e simplesmente declarou que era uma vaca. Queria ser morto, cortado em pedaços e que sua carne fosse distribuída por todo o povo.

Luciana sorri.

> Entretanto, os ministros e súditos do rei ficaram bastante preocupados. Mandaram chamar os melhores médicos do país. O rei foi examinado. Ninguém conseguiu encontrar um remédio ou receitar algum tratamento.
>
> E o monarca foi piorando e piorando cada vez mais.
>
> Mugia o dia inteiro. Acertou uma cabeçada no traseiro do primeiro-ministro. Sujou as escadas do palácio e, pior, como suas ordens não eram obedecidas, ficou bravo, disse que não ia comer mais e assim ficava cada vez mais fraco e mais doente.

Um grito de Mariza assusta e estremece a casa inteira.

Carlão acende um cigarro.

Os nobres do reino também estavam mais assustados e estremecidos. O povo já andava pelas ruas chorando e rezando. Era preciso fazer alguma coisa. O monarca, enlouquecido, magro, mugindo e dando coices, já corria até risco de vida.

Um famoso cientista de uma terra distante foi, então, convocado. Diziam que o homem era um sábio. Além de grande médico, também era vidente e filósofo. Tinha fama de ser um grande estudioso da alma humana, capaz de curar qualquer doença, praga ou feitiço.

Luciana estica o corpo no sofá e apoia suas pernas nas pernas do primo.

O grande sábio chegou. Ouviu dos ministros tudo o que estava se passando e, imediatamente, quis examinar o rei. Encontrou o infeliz deitado na cama, magro, raquítico e quase morto. O pobre rei, então, repetiu ao médico a sua loucura. Mugiu. Confirmou que era uma vaca e que seu único desejo na vida era ser morto, cortado em pedaços e que sua carne fosse distribuída para matar a fome do povo.

Dizem que o sábio olhou compreensivo para os olhos do rei. Levantou-se da cadeira, coçou as longas barbas e disse:

— Pois não, majestade. Suas ordens serão atendidas.

E virando-se para os ministros:

— Mandem chamar o açougueiro!

Os ministros arregalaram os olhos.

Luciana também.

Eduardo faz ameaças no quarto.

Carlão amassa o toco de cigarro no cinzeiro.

Foi quando um homem enorme, vestido de branco com uma faca desse tamanho na mão, pediu licença e entrou nos aposentos reais. Perguntou onde estava a vaca.

— Sou eu! — gemeu da cama o soberano exultante com os olhos alegres da loucura.

Luciana sorri.

O açougueiro colocou a mão no queixo. Levantou, cuidadosamente, a perna fina e branca do rei estirado na cama. Balançou a cabeça:

— Mas essa vaca aqui está magra demais! — comentou, decepcionado. — Isso está que é só pele e osso. Não tem carne, não tem gordura, é só osso e pelanca. Se quiser ser morta e cortada vai ter que se tratar, comer e ficar forte. Assim não dá!

Guardou a faca na bainha, virou as costas e foi embora.

A briga do casal infelizmente continua.

Envergonhado consigo mesmo, o rei, a partir desse dia, começou a alimentar-se de novo. Aos poucos foi engordando, as cores voltaram a brilhar em seu rosto, ficou forte e, com o tempo, esqueceu-se que era vaca. No fim, recuperou a saúde, curou-se e, para a alegria do povo, reinou ainda por muitos e muitos anos.

Uma estalo surdo no andar de cima.

A menina se encosta no primo.

Aquela noite os dois acabam dormindo no sofá da sala mesmo.

# 8

Ingo tinha simulado de Física na manhã daquela mesma quarta, bem antes da história da vaca. Os dois amigos marcam encontro à uma da tarde para almoçar e traçar um plano de ação.

Se pudesse, Carlão ficava dormindo até mais tarde, mas não podia. Afinal, oficialmente tinha vindo até São Paulo por causa de um curso de informática. Precisava disfarçar.

Pega carona com o primo, agradece muito e, às 7h15 da manhã, vê-se solto na avenida Faria Lima, sem coisa alguma para fazer.

Apesar do horário, o movimento já é grande. Carros buzinando. Pedestres apressados. Ônibus apinhados de gente. Carlão para num orelhão, olha num papelzinho, põe a ficha e disca um número. Uma voz com sono atende do outro lado. O rapaz vacila, estremece e desliga assustado. Solta um palavrão e sai caminhando com as mãos no bolso. Fica perambulando pela avenida Faria Lima, fala sozinho, toma café num bar e resolve entrar num shopping. Para diante da vitrine de uma loja de música, ainda fechada, e fica olhando as novidades.

Mais tarde, depois de outro café, compra um jornal, senta--se perto da escada rolante e, enquanto lê, fica observando as meninas que passam. Umas trabalham no shopping, outras chegam para fazer compras.

Dentro de Carlão, pensamentos e emoções dão trombadas, desgovernados.

Quando iria imaginar, duas semanas atrás, que dias depois estaria em São Paulo? Foi tudo tão de repente, pensa ele. O telefonema de Ingo pedindo ajuda, aquela história inventada de curso de informática, o dinheiro guardado, passagem, rodoviária, ônibus e pronto: lá estava ele a quinhentos quilômetros de casa.

Isso sem falar no motivo principal de sua vinda, assunto que ele não abria com ninguém.

Carlão sorri. E o velho, o tal de Werner, tio do Ingo? O sujeito era gente boa. Uma figura. Louco de pedra, claro, mas tudo bem. Agelastos, lembra-se o rapaz. Onde é que um velho caduco como ele foi desencavar uma palavra como aquela? Agelastos. Carlão sorri.

Em seguida, uma ruga cresce e estaciona em sua testa.

Ele há séculos fazendo planos, sonhando, precisando urgentemente vir a São Paulo pra resolver aquela coisa entalada dentro dele e acabar com aquele buraco no peito... e, de repente, assim, sem mais nem menos, surge uma oportunidade daquelas, caída do céu. Que coincidência, tudo aquilo! Seria um sinal?

Às 10h as lojas são abertas. Carlão mergulha de cabeça nas três ou quatro lojas de música do shopping e, assim, passa quase a manhã inteira. É uma forma de ver as novidades, de gastar o tempo e, também, de não pensar muito.

Sai do shopping lá pelas 11h30 e segue a pé. Menos de uma hora depois, vê-se em uma lanchonete na rua Oscar Freire, sentado na frente de Ingo, que devora um sanduíche. O Alemão mastiga falando:

— No fundo, no fundo, meu tio não tem nada. É uma pessoa normal. Essa história agora é tudo fingimento e manha para chamar a atenção.

Carlão escuta com cara de quem não entendeu nada.

O outro tenta explicar:

— Olha aqui: primeiro ele teve que parar de trabalhar; depois tia Emma morreu...

O rapaz balança a cabeça:

— É solidão, Carlão. Ouve o que eu digo. É só solidão. O velho não está aguentando ficar sozinho e começou a inventar coisa para chamar a atenção. — Não acha? — completa o rapaz, limpando a boca num guardanapo de papel.

Carlão come em silêncio. Sua cabeça está muito longe dali.

— Que é que você acha? — repete o Alemão.

— Sei lá... — diz o outro, voltando-se para o colega. — Pode ser...

— Para mim é importante ter certeza — diz Ingo ajeitando os óculos. — Se o velho está doente, é uma coisa. Se está fingindo, é outra completamente diferente!

— Dá na mesma, Ingo! — responde Carlão, deixando escapar um arroto. — É impossível saber se o velho está mentindo, mas vamos supor que ele esteja. Se um cara precisa fingir que está doente... — completa Carlão, erguendo as sobrancelhas — ... é porque está mesmo!

Ingo não concorda.

Os carros passam procurando lugares para estacionar. De vez em quando, uma buzina nervosa toca, querendo abrir espaço no grito.

— Quer dizer que um cara fingindo que é cego é a mesma coisa que um cego?

— Claro, pô! O pior cego é o que não quer ver!

O Alemão sacode o corpanzil e pede a conta.

# 9

Depois do almoço, os dois amigos resolvem ir a pé para a casa do tio de Ingo. Não fica tão longe assim. Ingo caminha decidido. Já havia reservado um quarto numa casa especializada em idosos perto da Granja Julieta. Tinha acertado até o preço. A questão era saber se o tio ia por bem ou por mal. É claro que ele poderia ser levado na marra pelos dois, de táxi, até lá. Mas, e depois? Quem segurava o velho no asilo? Estava na cara que iam enchê-lo de antidepressivos e tranquilizantes. Para Ingo o melhor seria conversar, fazer o tio se conscientizar, tentar convencê-lo a ir por bem. Seria, em sua opinião, a única chance de a coisa dar certo. Gosta do velho. Não quer ver o tio sofrer numa clínica, preso à base de remédios.

— O vestibular está chegando. Não estou conseguindo estudar direito — lamenta-se o Alemão. — Tenho que me organizar. Preciso me concentrar. Assim não dá. É Física, é Química, é Matemática, é Álgebra, é...

— Esquece uma vez na vida essa história de vestibular!

Ingo resmunga.

— Estou cansado de tudo ficar nas minhas costas, Carlão. Sou um cara organizado. Gosto de fazer uma coisa de cada vez. Gosto de me planejar, de me programar. Não dá pra tomar conta de um tio meio louco e estudar ao mesmo tempo!

O Alemão fala e limpa as lentes dos óculos.

— A Beth, você sabe, não está nem aí.

E continua:

— Também tem uma coisa, Carlão. Lá em casa agora é assim: uma semana eu lavo a roupa, uma semana ela lava. Disso eu não abro mão!

— Como assim?

— Antes até isso quem fazia era eu! Agora, combinei com a Beth. Toda sexta é dia de a gente lavar roupa. Sexta passada eu lavei, essa sexta quem lava é ela. Pelo menos isso! Essa sexta ela sai mais cedo da agência e bota a roupa na máquina antes de ir pra faculdade. Pensando o quê?

Carlão acende um cigarro. De repente, seus pensamentos escapam pela janela da cabeça.

— É muita moleza... — diz Ingo, atrapalhando os pensamentos do colega. — É ou não é?

Carlão concorda sem saber com o quê.

— Hoje eu falo com meu tio — garante Ingo. — Falo mesmo! Vê se me ajuda. Ele vai ter que usar a lógica. Ser racional. Voltar a ser normal. Parar de bancar a criança e enxergar a realidade.

Para o rapaz, uma internação seria a melhor solução. No asilo, o tio poderia receber visitas sempre, teria a companhia de outros idosos, um médico à disposição, enfermeiras, geladeira, televisão no quarto...

— Mas ele assiste televisão? — pergunta Carlão.

O Alemão pega um pedaço de plástico na calçada e joga numa lata de lixo:

— Aí é que está! — responde abrindo os braços. — Não!

# 10

Foi muito longa aquela quarta-feira.

Ainda na mesma tarde, os dois encontram seu Werner muito bem. O velho recebe o sobrinho e seu amigo com alegria. Veste calça jeans, camisa de flanela xadrez abotoada até o colarinho, meias brancas e sandálias de couro marrom.

Pede à Jardilina que prepare um chá. Manda também a moça verificar se a porta da cozinha e as janelas do quartinho lá atrás estão trancadas.

— E não esqueça de apagar a luz do corredor e de fechar a janela do meu quarto — completa, ainda antes de acomodar-se confortavelmente na poltrona da sala.

O velho não diz uma palavra sobre a discussão do dia anterior. Age como se não visse o sobrinho há muito tempo. Parece bastante satisfeito com a visita.

— Que surpresa, Ingo! Que saudade! Quanto tempo!

Conta que há dias estava tentando fazer uma adaptação elétrica na enceradeira e finalmente naquela manhã tinha conseguido. Pergunta se Carlão é filho de Ingo.

Diante da cara feia do sobrinho, pede à Jardilina que traga um pouco de biscoito de polvilho.

Durante o chá, Ingo decide que a hora chegou:

— Tio Werner — começa medindo as palavras. — Estive pensando... o senhor não acha que seria muito melhor o senhor sair dessa casa?

O velho examina as mãos, distraído.

— Tio!

Seu Werner tosse. Ingo repete a pergunta.

— Pra onde? — quer saber o velho.

— Pensa um pouco — diz Ingo. — O senhor está ótimo de saúde, mas ficar assim o dia inteiro aqui sozinho não é bom.

— Eu tenho a Jardilina.

Carlão cruza as pernas. Ingo fala olhando fixamente para o tio:

— Claro! Mas não é isso, tio. Vou ser bem objetivo. O ponto é o seguinte: o senhor está com 87 anos. Viveu nessa casa até hoje. Trabalhou bastante a vida inteira. Tudo bem. Normal. Agora chegou a hora de descansar um pouquinho, de relaxar, de sair e ir morar numa... num... hotel para idosos, entende?, com o maior conforto e...

— Não vou para o asilo.

Ingo morde os lábios:

— Vai ser melhor, tio! Cada vez mais o senhor vai precisar ter alguém por perto. Vamos ser realistas: e se o senhor escorrega no banheiro, cai e se machuca?

O velho sorri.

— A Jardilina me ajuda.

Seu Werner vira-se para Carlão.

— Você é a cara escarrada de seu pai! — exclama espantado, comparando um com o outro. — Impressionante. Tal pai, tal filho, hein?

Carlão não consegue segurar o riso.

Ingo levanta-se:

— Fala sério, tio Werner! Olha. Todo mundo anda preocupado com o senhor. Eu, a Beth. Falei hoje com minha mãe pelo telefone e ela acha a mesma coisa. Não tem mais como ficar morando nessa casa sozinho.

O velho fica em pé e vai até a porta da cozinha perguntar se a empregada havia fechado o portãozinho da entrada.

Carlão acende um cigarro.

Seu Werner gira o corpo, salta sobre o tapete, arranca o cigarro da boca do rapaz e o amassa no chão com o pé.

— Tio! — grita Ingo.

O velho volta depressa para sua poltrona. Carlão olha para ele espantado.

— Quer dizer que você mora no rio — pergunta a Carlão, como se nada houvesse acontecido. — Muito peixe em casa, hein?

— Pô, tio Werner! — explode Ingo.

O rapaz atravessa a sala tirando e colocando os óculos.

— O senhor está fazendo de propósito!

— Dessa casa eu não saio! — grita o velho.

Ingo olha bem para o tio.

— Eu soube que agora o senhor está com mania de conversar com as formigas. Que senta lá no jardim perto do formigueiro e fica falando, falando, falando.

— Não gosto que elas fiquem entrando todo dia na cozinha. Fui lá, conversei com elas e agora elas quase não aparecem mais. Foi ou não foi, Jardilina?

Sorrindo, a empregada faz que sim com a cabeça.

— Eu soube que houve um problema na linha telefônica e que uma mulher andou ligando para outro número, mas a ligação caía sempre na sua casa.

O velho olha para Jardilina.

— Disseram que a mulher estava querendo falar com um tal de Arnaldo e que o senhor disse que o Arnaldo não podia atender e bateu o telefone na cara da fulana. Disseram que a mulher ligou de novo e que o senhor falou que o Arnaldo não podia atender, que tinha voltado para casa de madrugada, tinha tomado um porre e estava na cama bêbado feito um gambá. É verdade, tio?

Tio Werner baixa os olhos.

Carlão esconde o riso.

— Disseram que a mulher ligou um monte de vezes e que no fim a Jardilina atendeu o telefone e que a mulher estava chorando e gritando desesperada perguntando o que estava acontecendo e dizendo que ia se casar com o sujeito aquele dia! Isso não se faz, tio!

O velho olhou feio para a empregada.

— Foi só uma brincadeira! Bobagem...

— Brincadeira? Tio! Assim não dá! O senhor parece que não tem mais juízo. É por isso que não pode mais morar sozinho. Não tem como! Vai ter que sair dessa casa. Vai sair, sim senhor! — Ingo agora berra pondo o dedo na cara do tio. — Estou cheio! Cheio de ter que ficar me preocupando com o senhor! Cheio de ter que parar de estudar para vir aqui porque o senhor soltou o corrupião não sei de quem! — Ingo frisa a palavra *senhor*. — Porque o senhor saiu e não disse aonde ia, deixando todo mundo preocupado! Porque o senhor anda de cueca pela casa fantasiado de índio! Ontem sua vizinha deixou um recado na secretária dizendo que viu o senhor às onze da noite, onze da noite, tio!, na rua de cueca com uma lanterna e uma pá catando não sei o quê com a Jardilina!

Agora quem fica bravo é o tio de Ingo.

Fica em pé no sofá empunhando o cabide ameaçadoramente. Fala com as mãos trêmulas:

— Mas eu já disse que a culpa não é minha! Você não vê? É tudo por causa dos agelastos! São eles! São eles que andam no telhado, que se escondem no jardim, que ficam telefonando, que ficam me vigiando o tempo todo e nem me deixam dormir de tanta preocupação! São eles que jogam fumaça em cima de tudo para me envenenar!

As veias do velho saltam em torno do pescoço:

— Primeiro envenenaram e levaram a minha Emma! Depois foi o Klaus Degen, da Papelaria Alemã! Levaram o Udo, o Hans, o Fritz, a Anne, o Jürgen. Levaram tudo, tudo: minha mulher, meu emprego, meus amigos, tudo o que eu tinha na vida! Até minha comida eles envenenaram! Sabia que ultimamente eu vivo cansado, com dor nas costas e nem consigo mais enxergar direito? Tudo por causa deles!

O velho chora com o cabide na mão:

— Agora querem terminar o serviço: me levar e levar a Jardilina, os últimos da tribo, toda a vida que ainda sobrou!

E começa a esgrimir o cabide:

— Pois venham! Não vão conseguir nada, nada e nada!

E berra e corre em cima do sofá dando chutes no ar:

— Tenho minhas armas! Ah se tenho! Fora, malditos agelastos! Ninguém vai me levar! Ninguém vai me matar!

O pobre velho xinga, treme, grita, limpa as lágrimas e depois assoa o nariz na cortina.

Ingo fica pálido.

O coração bate forte dentro de Carlão.

Jardilina surge risonha trazendo mais chá.

# 11

Na casa de Luciana, a noite de quarta-feira é difícil para todos.

Depois de contar a história do rei que virou vaca, Carlão vai para cama, mas não consegue dormir: primeiro, por causa das brigas e, segundo, por causa de um pesadelo.

No começo do sonho, Luciana é sua filha. Os dois precisam salvar um homem, um velho, preso num buraco no chão. É uma noite escura. A voz do velho vem lá do fundo com um forte sotaque alemão: "Socorro!". Carlão, no sonho, sente vontade de fumar, mas não acha o maço em lugar nenhum. "Me acuda!", grita o homem, desesperado, no fundo do buraco: "Estou morrendo!". Não dá para enxergar de onde a voz do velho vem. A menina aparece com um carretel de linha de costura em uma das mãos e uma lanterninha na outra. Mas agora não é mais a mesma. Luciana, no sonho, transforma-se em outra pessoa. Vira uma mulher. E Carlão conhece muito bem aquele rosto. Aqueles olhos verdes. Era ela, sempre ela, ela, ela.

O sonho continua. A linha trazida pela mulher está enrolada. A voz implora por ajuda. Carlão, apressado, tenta desemaranhar para ver onde começa e onde termina. Sente o calor do corpo da mulher encostado ao seu. Sente seu perfume. O tempo corre. O velho grita: "Pelo amor de Deus!". Numa escuridão daquelas, tudo fica mais difícil. Carlão resolve arriscar. Joga a linha no fundo do buraco e manda o homem subir por ela. Fica segurando o emaranhado do outro lado. A linha estica. E se forem três linhas misturadas no mesmo carretel? E se o sujeito começar a subir e a linha se romper? Carlão, no sonho, só pensa em acender um cigarro. Olha a mulher ao seu lado. Sente vontade de pegar, de abraçar, de beijá-la inteirinha. Sente vontade de chorar no colo dela, mas precisa ajudar o velho preso no buraco. O sujeito começa a subir. A linha machuca sua mão, de tão esticada. O pior é que, do ponto onde Carlão está, não dá para ver absolutamente nada.

★

Na manhã do dia seguinte, quinta-feira, tudo transcorre meio que à beira de um precipício.

Luciana falta na escola. Não dormiu bem por causa da asma. Mariza não aparece. Mal-humorado, Eduardo dá carona para Carlão, mas durante o trajeto quase não trocam uma palavra.

Fora o calor abafado do mês de março e uma pancada de chuva que durou dez minutos, o resto do dia transcorre sem maiores novidades.

Carlão volta pouco antes de a noite cair. Encontra Luciana pálida, deitada no sofá, assistindo à televisão. O rapaz beija a prima, pergunta se está tudo bem e sobe para tomar banho.

Volta com o cabelo molhado, lê um pouco de jornal, espreguiça-se e pergunta se a menina quer tomar um sorvete na praça ali perto. Luciana diz que não.

— Como não?! — espanta-se o rapaz. — Lá tem sorvete de casquinha que você adora. Vamos lá, madame. Deixa de fricote.

Luciana foge para debaixo do piano. O primo vai atrás. Encontra a menina encolhida, com as mãos no rosto.

— Que choro é esse agora, Lu?

Primeiro ela não quer dizer nada. O rapaz insiste. Afinal, que tristeza era aquela? A menina custa, mas acaba confessando. Quer que Carlão pare de fumar.

O rapaz é pego de surpresa. Balança a cabeça, tentando desconversar.

— Eu quero! — exige a menina.

Carlão promete que vai parar. Qualquer dia desses, com certeza, ele para.

Luciana insiste:

— Qualquer dia, não! Quero hoje!

Confuso, o rapaz não sabe o que dizer.

A menina baixa a cabeça, fungando. Tapa o rosto com as mãos. O choro começa a querer voltar.

O primo sorri.

— Pronto, tá bem, pronto — diz ele. — Você venceu. Vou parar hoje à noite.

— Quero agora.

O primo olha a prima nos olhos.

— Não exagera, Lu. Para com isso! Vamos lá tomar um sorvete.

— Só se você parar de fumar.

O moço aperta os olhos. Arreganha os dentes fazendo uma cara, uma voz e um jeito iguais ao do capitão Gancho.

— Vai, sim senhora!

Agarra a menina pelas pernas e a coloca deitada nos ombros.

— Olha que eu te pego, te pico e te ponho no penico!

Na padaria, os dois pedem sorvetes de chocolate, duas bolas cada um. Ficam, então, passeando em silêncio pela praça. A menina, cheia de pensamentos. O rapaz também.

O céu está avermelhado. A calçada, coberta de pó. Os automóveis passam amarrados pelo trânsito de fim de tarde.

Devorados os sorvetes, Carlão manda a prima pedir emprestada a pá de uma criança que está brincando ali perto, no tanque de areia.

— Pá?

— Pega lá e faz um buraco no chão — ordena ele.

Luciana põe as mãos na cintura.

— Pra quê?

— Vai pegar ou não vai?

— Buraco?

A menina faz o que o primo mandou.

Os dois então ficam parados na frente do buraco cavado à sombra de uma árvore.

Carlão está sério. Tira o maço de cigarros do bolso e, com a mão no peito, diz em voz solene, olhando para o relógio:

— A partir de hoje, quinta-feira, 17 de março de 1993, às 18 horas, 58 minutos e 13 segundos, eu, Carlos Augusto Pereira, juro que nunca mais vou botar um cigarro na boca.

A menina assiste à cena sem dizer nada.

— Adeus, maço cruel! Adeus, vício querido! Adeus, companheiro de futuras desgraças, meu amigo tão fiel e tão traiçoeiro. Adeus, parceiro de horas gostosas, venenosas e cancerosas. Sabia que cedo ou tarde esse dia chegaria. Adeus para sempre. É o destino. Não... — diz o rapaz dramaticamente, como se falasse com o maço — não vem, não... é inútil insistir! Não vai dar mais pra ficar por aí fumando feito chaminé. Até nunca mais, maço querido! Descanse em paz e vá para o diabo que te carregue...

Uma brisa fina sopra devagar quando o rapaz, ajoelhado, enterra com cuidado o maço de cigarros na cova. Em seguida, desconsolado, pede para a menina cobrir o buraco com terra e colocar um tijolo em cima.

# 12

Ainda naquela quinta — mas agora de manhã cedinho, depois da carona triste e silenciosa dada pelo primo —, Carlão se vê mais uma vez andando pela avenida Faria Lima sem nada para fazer.

Resolve ficar passeando pelo Jardim Europa, para matar o tempo até a hora do almoço.

Para num orelhão, olha o papelzinho, coloca uma ficha e disca um número. Uma voz atende do outro lado. Carlão fecha os olhos, abaixa a cabeça, engole em seco e desliga.

Sai e bate a cabeça com força no orelhão. Uma mulher de cabelos grisalhos aperta o passo assustada. O rapaz acende um cigarro, entra na rua Escócia e vai embora. Fala sozinho. Apaga e acende outro cigarro. É muita coisa para pensar. Brigas na casa do primo, a mentira do curso, o momento difícil de Luciana, o tio de Ingo em pé no sofá, berrando, com um cabide na mão. Ela. Os olhos de Carlão ficam úmidos. O rapaz sacode a cabeça como se quisesse arrancá-la do pescoço. É aquela ideia fixa, aquela loucura martelando sem parar no lado direito e no lado esquerdo de seu cérebro.

O rapaz caminha durante a manhã inteira. O dia está nublado. Andar pelas alamedas arborizadas do Jardim Europa acaba lhe fazendo bem. Ajuda a diminuir a ansiedade. Aos poucos, a angústia, mesmo sem ser resolvida, parece que fica mais fraca, vai para longe; os sentimentos passam mais leves e as coisas dentro de seu peito voltam a se organizar num certo equilíbrio.

O tempo voa. De repente, já é hora do almoço. De repente, Carlão está na lanchonete da rua Oscar Freire, diante de um rapaz alto que fala pelos cotovelos, loiro, de óculos de aro fino e rabo de cavalo.

Ingo conta que dormiu mal. Diz que precisava estudar Geometria Descritiva, mas ficou pensando no tio. Pelo menos, havia chegado a uma conclusão: agora tinha certeza de que o velho estava doente e precisava mesmo ser internado.

— Ontem — diz Ingo lambendo os cantos da boca — deu dó. Vai ver que é mal de Alzheimer. Senti pena do coitado. Um cara que antes era normal, equilibrado, objetivo, lúcido, que tinha os pés no chão, falava coisa com coisa, ficar nesse estado!

Dá um gole no refrigerante.

— Não vai ter jeito...

— Jeito de quê? — pergunta Carlão, distraído.

— Carlão! Pô! Parece que você vive no mundo da lua! Se liga, meu!

Ingo continua:

— É anormal uma pessoa ficar de cueca, com a cara pintada de vermelho e com um cabide na mão achando que vai ser atacado pelos ge...

— Agelastos.

— Exato! Escuta o que eu digo: acho que a gente vai ter que pegar o velho na marra.

Carlão balança a cabeça, discordando.

Ingo tira os óculos. Fala como se estivesse tentando se convencer:

— É natural. Isso acontece. É a coisa da idade. Todo mundo passa por isso. É a degeneração natural. Ele quer ficar em casa. Tudo bem. Só que agora ele é como uma criança: não sabe o que quer, não tem responsabilidade, não sabe o que é melhor para...

— E você? — pergunta Carlão ao mastigar um pedaço do sanduíche. — Sabe?

— Acha que dá pra largar o velho mexendo nas coisas do vizinho? Ou caindo no chão para se arrebentar? Não viu ontem o jeito como ele ficou pulando no sofá, correndo para lá e para cá? Tá louco! Podia ter escorregado e se esborrachado. Depois, o cara quebra o fêmur, tem um infarto, morre, e todo mundo vai dizer que a culpa é minha!

Na dúvida Carlão acende um cigarro e pergunta qual é afinal o plano.

Ingo pisca os olhos. Chega mais perto, falando baixo:

— Hoje a gente vai lá. A gente chega, entra, cumprimenta, bate papo, tudo normal. Aí a gente pede pra Jardilina fazer um chá. Quando o velho estiver distraído, a gente enche o chá de Vagarol Plus...

— Vagarol?

— É um calmante líquido! Quando o tio Werner dormir, a gente amarra ele com um quimono.

— Que quimono?

— Arranjei um grande, emprestado do Alfredo. O Alfredo é faixa verde de judô. Paletó de quimono é uma camisa de força perfeita e...

— Isso é sacanagem! — exclama Carlão.

— Sacanagem o quê?! — responde Ingo. — Depois, a gente chama um táxi e leva o velho direto pro asilo.

Carlão não acredita.

Os olhos do alemão ficam duros.

— Carlão! — diz ele abrindo os braços. — É questão de bom senso! É questão de realismo! É tentar fazer as coisas voltarem ao normal! Não tem outro jeito!

Os dois pagam a conta e saem caminhando em silêncio.

O movimento nas ruas é intenso. Hora de almoço. Gente saindo e entrando nos restaurantes, mães levando crianças para casa depois da aula.

Carlão não sabe o que dizer, mas avisa:

— Tudo bem, eu vou. Na hora eu vejo se ajudo ou não.

★

Às duas da tarde, Carlão e Ingo, com uma mochila nas costas, chegam à casa da rua Girassol. Mal tocam a campainha, Jardilina aparece para abrir o portão. Risonha, como sempre, mas um pouco tensa. Cumprimenta. Manda entrar. Diz que está tudo bem, só que o patrão agora está dormindo.

Ingo e Carlão sentam-se na sala para esperar.

A mulher aparece com um café. Anda de um lado para o outro pela sala. Ameaça dizer alguma coisa. Sorri envergonhada, buscando os olhos dos dois amigos.

No fim, conta que seu Werner não tinha passado bem a noite. Que não tinha dormido quase nada. Ficou andando pela casa, acendendo e apagando as luzes e verificando se as portas e janelas estavam fechadas. Tudo, segundo ela, por causa da discussão no dia anterior.

— Viu? — diz Ingo para Carlão. — A gente vai ter mesmo que internar e...

— Não vale a pena, Ingo — interrompe Jardilina, ajeitando o lenço no alto da cabeça. — Não precisa disso não...

A moça fala sem jeito, mas fala. Lembra que trabalha lá faz tempo. Conhece bem seu Werner. Garante que ele não tem nada.

— É coisa à toa de velho — explica ela. — O que não pode, o que não carece de jeito e maneira, é vocês levar tudo tão...

— Tão como? — pergunta Ingo.

— Ah! — exclama a mulher abrindo e fechando os braços. — Sei lá, Ingo... às vezes é melhor pegar mais leve...

A empregada, em resumo, acha que não é preciso levar tão a sério tudo o que o velho fala ou faz. "Ele é só um velho coroca", diz ela. Tem manias como a maioria dos velhos. Vive atrapalhado, como a maioria dos velhos. Detesta a solidão, como a maioria dos velhos. Sente dores no corpo como qualquer velho. "Às vezes parece mesmo uma criança", reconhecia ela. E rindo:

— Mas quem não tem mania, não vive atrapalhado, não detesta solidão, não sente dor aqui e ali e às vezes não parece criança?

E conta:

— Com o pai, lá em Caçapava, foi igualzinho. Quando ficou velho, vige nossa! — diz espantada. — Deu pra trocar o nome da gente em casa. Deu pra falar sozinho, roubava maria-mole dos netos, fugia, subia na árvore e comia tudinho lá em cima...

A empregada puxa uma cadeira da mesa e senta.

— Ninguém ligava muito pro jeito dele. Todo mundo sabia que era coisa de gente velha, uai! Velhice não é doença! Quando foi um dia, lembro até hoje, a Cida, uma irmã que me criou, ficou braba. No meio da missa de domingo, o pai beliscou a bunda da mulher do seu Procópio da venda!

Jardilina ri com todos os dentes aparecendo dentro da boca.

— O Seu Procópio é compadre do meu irmão!

Conta que sua irmã armou um plano. Pediu para o seu Procópio ir até em casa, chamou o pai e disse: "Ôi, seu Procópio, esse velho não presta mais. A gente está pensando em vender. Quer comprar?". E o seu Procópio: "Qual o preço, dona Cida?".

E ela: "Dois mil reais está mais do que bom." E o seu Procópio: "Tá caro!". E ela: "Então leva por mil e não se fala mais nisso!".

Jardilina conta que foi tudo combinado. Que o seu Procópio enfiou a mão no bolso e tirou um monte de dinheiro trocado. Diz que o pai arregalou os olhos. Quando o homem foi entregar o dinheiro para a irmã, o velho começou a tremer. Pediu pelo amor de Deus. Ficou de joelhos. Não queria ser vendido de jeito nenhum. Jurou que agora ia se comportar bem.

A empregada cai na gargalhada.

— Não adiantou nada. Não deu nem dois dias e o pai já estava de novo roubando doce e bulindo com a mulher dos outros... Velho é velho, gente, não tem jeito não!

Passos no corredor.

Jardilina arremata baixinho:

— A coisa que o seu Werner mais aprecia é *afistrudi*...

— Que é isso, Ingo? — pergunta Carlão.

— *Apfelstrudel* — responde o outro. — *Strudel* é torta, *Apfel* é maçã.

Ingo olha para Jardilina pensativo.

— Olá! — diz o velho entrando na sala.

Esfrega as mãos animado. Conta que há meses estava tentando fazer uma adaptação na enceradeira de casa e agora, depois de muito trabalho, tinha finalmente conseguido.

— Era velha e agora ficou nova em folha! — exclama o velho, satisfeito. — Valeu a pena! Está um milhão de vezes melhor do que quando eu comprei...

— Tio — interrompe Ingo. — Que tal pedir pra Jardilina fazer um chazinho?

O velho senta-se na poltrona.

— Agora não — responde, e depois grita com a mão no canto da boca: — Jardilina! Vê se a porta do quartinho lá atrás está bem fechada, apaga a luz do corredor, depois vem cá...

Carlão observa Ingo. O amigo olha para o tio e para a mochila largada num canto. Parece intranquilo. Mexe-se constantemente no sofá. O Vagarol Plus está no bolso de sua calça, pronto para entrar em ação.

— Vai um cafezinho aí, tio?

O velho agora não quer. Pede para a empregada afastar a mesa e os móveis da sala. Vai fazer uma demonstração com a enceradeira velha que virou nova. Jardilina obedece, balançando a cabeça. Empurra os móveis e o tapete, vai até a despensa e volta com a enceradeira, um modelo para lá de fora de linha.

— Liga na tomada, Jardilina — pede o velho esfregando as mãos, excitado.

E suplica:

— Encera um bocadinho pra gente ver?

Jardilina tira a sandália e liga a enceradeira. Uma inesperada batucada invade a casa da rua Girassol. Os olhos de Ingo ficam maiores. Seu Werner, ninguém sabe como, tinha conseguido fazer uma adaptação no motor da enceradeira. Agora, ao ser ligada, além de cumprir suas funções de dar brilho ao assoalho, ela tinha se transformado numa verdadeira bateria de escola de samba eletrônica, com bumbo, pandeiro e até cuíca.

Jardilina flana jeitosa pela sala, gingando, encerando, dançando, encerando, remexendo, rebolando, requebrando e circulando com a enceradeira de forma encantadora.

O velho bate palmas com os olhos acesos e um riso maroto nos lábios. Carlão acompanha o ritmo com os pés, rindo também. Ingo sorri estarrecido.

# 13

Na sexta-feira de manhã, Mariza desce as escadas com os olhos inchados de tanto chorar. Parece uma pilha de nervos. Prepara o café em silêncio e volta para o quarto batendo e trancando a porta.

Eduardo tinha dormido na sala. De cara amarrada, não cumprimenta ninguém e engole o café da manhã de qualquer jeito. Pergunta se Luciana está pronta e sai, levando a menina para a escola.

Carlão não precisa de carona. Lembra que é o último dia do curso e antes tem que fazer não sei o quê, não sei onde. Tudo desculpa esfarrapada. Prefere mil vezes ir de metrô a enfrentar aquele clima tão pesado. Volta quase às oito da noite, ensopado por causa da chuvarada que despencou inundando vários pontos da cidade.

Encontra Luciana dormindo no sofá e a televisão ligada.

A menina está abatida, com os olhos fundos. Pelo jeito, tinha chorado bastante.

Carlão vai tomar banho. Aquele era seu último dia em São Paulo. Na manhã seguinte, pegaria o primeiro ônibus de volta para o Rio. O rapaz parece satisfeito. Está mais leve. Mais risonho. Veste um calção, uma camisa folgada e desce para a sala.

Luciana agora está olhando para o teto enquanto a televisão fala e fala sem parar, com aquelas vozes grossas e finas, típicas dos desenhos animados.

Mais tarde, depois do jantar, Eduardo chega em casa e a discussão do casal recomeça. Os dois sobem para o quarto e trancam a porta. As vozes abafadas chegam raivosas até a sala. De vez em quando, explode o barulho de alguma coisa quebrando no chão.

Carlão quer relembrar, detalhe por detalhe, tudo o que aconteceu naquele fim de tarde, mas não consegue. Tenta ler jornal. Pensa em sair, porém não tem para onde ir e, além disso, está com o dinheiro contado. Olha para Luciana no sofá, quieta, chupando o dedo. Lembra do *Dicionário Caldas Aulete*. A discussão no andar de cima parece um incêndio, destruindo tudo. Segundo o dicionário, "agelasto" significa: "que nunca ri, tristonho."

O rapaz senta-se pensativo no sofá.

— Carlão... — a voz de Luciana sai fraquinha — ... vamos brincar de alguma coisa?

A briga no quarto continua.

O rapaz mexe nos dedos do pé da prima.

— Brincar de quê?

— A gente podia tocar o "Tico-tico".

O rapaz balança a cabeça.

— Melhor não, Lu. Fica muita bagunça. Vai acabar piorando a situação.

A menina encara o primo desanimada.

No quarto do casal, uma voz grita:

— Não, não e não!

Luciana suspira. Carlão espia a menina com o canto do olho.

— Lu — diz ele com jeito. — Por acaso, achei aqui, sem querer, um cigarrinho amassado... um último, esquecido, abandonado, desamparado no bolso da calça. O que acha se eu fumar... é o ultimozinho... coitado... só mais esse...

A menina aperta os lábios, desanimada. Primeiro olha feio. Depois sacode os ombros.

— Tá bom!

O rapaz tira o cigarro do bolso e acende. Fica olhando a fumaça boiando no ar. Está tenso e ao mesmo tempo muito feliz. E mais leve. E mais esperançoso. Se pudesse ficava quieto, relembrando tudo o que aconteceu naquele dia, um dia especial para ele. Mas com aquela guerra no andar de cima é difícil. De repente, diz:

— Já sei! Vou contar outra história!

— Oba! Animada, a menina pula no sofá.

— Essa é meio...

— Meio o quê?

Carlão começa a segunda história.

> Era uma vez um sujeito que morava sozinho num quarto de pensão. No quarto tinha duas camas. O dono da pensão arranjou outro hóspede para ocupar a cama que estava vazia.

Do andar de cima vem um ruído de alguma coisa quebrando.

A menina cruza os braços atrás da cabeça e suspira.

> Acontece que o novo hóspede, um careca de bigode, era muito chato. Não sabia rir, não sabia se divertir, vivia resmungando o dia inteiro, criticando e vendo defeito em tudo e em todos.
>
> E o cara reclamava da comida. E reclamava do quarto. E reclamava do trabalho. E do tempo. E da vida. Dos amigos. Dos inimigos. Da cidade, do país, de Deus, do mundo e de mais uns três.
>
> Um dia, o outro, que morava no quarto há mais tempo, se cansou e teve uma ideia. Foi até a rua e, quando

ninguém estava olhando, apanhou um punhado de sujeira fresca de cachorro na calçada e colocou num saquinho.

Luciana faz uma careta.
Os pais lá em cima trocam acusações aos gritos.

O cara voltou para o quarto e ficou esperando o vizinho dormir. Depois, com arte e muito cuidado, passou aquela gosma toda no bigode do sujeito, que roncava tranquilo, sem perceber nada de nada.

A menina inclina o corpo para a frente.

Na manhã do outro dia, o bigodudo careca abriu os olhos, espreguiçou-se na cama e respirou fundo. Sentiu um cheirinho estranho no quarto.

Cheirou os lençóis. Cheirou o cobertor. Agachou-se e cheirou embaixo da cama. Cheirou a sola do sapato. Cheirou os dedos das mãos. Cheirou o jornal em cima da mesa. Cheirou a toalha. Cheirou a água do copo. Cheirou a carteira com seu dinheiro e documentos. Cheirou a penteadeira. Cheirou a parede. Foi para o armário e cheirou tudo, gaveta por gaveta. Aflito, correu para a janela, abriu e aspirou profundamente. Esbugalhou os olhos e gritou:

— Socorro! Meu Deus! Fizeram cocô no mundo!

Os dois primos caem na risada.

Uma porta abre no andar de cima. Alguém vem descendo as escadas pisando forte. É Eduardo. Sai de casa batendo a porta, num estrondo.

Carlão espia Luciana. Ajoelhada no sofá, a menina puxa a cortina da janela tentando alcançar a sombra do pai desaparecendo na rua escura.

# 14

Muito antes de tudo isso acontecer, ainda na sexta pela manhã, Carlão toca a campainha do apartamento da rua Capote Valente. É pouco depois das oito horas. Como não tinha saído com o primo, naquele dia consegue chegar mais cedo. Com a carona diária, ele sempre acabava partindo da avenida Faria Lima. Sem carona, era só pegar o metrô e pronto. Coisas que quem inventa cursos de informática que não existem tem que enfrentar para não dar na vista.

Beth já tinha ido trabalhar. Naquele dia, ela entrava mais cedo na agência mas também ia embora mais cedo.

Os dois amigos sentam-se na sala do apartamento e ficam conversando pelo resto da manhã. Carlão conta da briga do primo com a mulher. Diz que o ambiente naquela casa está insuportável.

Ingo suspira. Tinha passado a noite pensando na situação do tio. Carlão também havia pensado muito no assunto. Ambos ficam surpresos. Por caminhos diferentes, os dois haviam chegado, mais ou menos, à mesma conclusão. Que coincidência!

Ingo e Carlão abrem duas latas de refrigerante e começam a montar uma estratégia.

Pelo menos agora tinham uma ideia boa que talvez solucionasse o problema do velho de uma vez por todas.

Por causa da chuva que começa a cair mais forte, os dois resolvem almoçar na padaria ao lado do apartamento. Quase não conversam durante o almoço. Estão tranquilos, mas por diferentes razões. Ingo por ter, finalmente, encontrado uma solução para a questão do tio. Carlão por ter tomado, na noite passada, uma decisão muito importante.

— É hoje! Tem que ser hoje! — disse ele de manhã cedo, mal colocou o pé fora da cama.

Os dois amigos chegam antes das duas da tarde à casa da rua Girassol, tocam a campainha e entram.

Encontram seu Werner de mau humor. Tinha acabado de atirar o cabide na cabeça do apresentador da televisão. Contou que estava na sala tentando ler e aquela besta humana dentro do aparelho não parava de falar. Aquilo começou a irritar. Para ler, o velho disse que precisava tapar os ouvidos com os dedos. A discussão esquentou.

— Para de falar! — gritava seu Werner indignado para o homem do telejornal. — Cala essa maldita boca!

O locutor, com uma frieza agressiva, parecia ignorar completamente as ordens do velho, que, afinal, era o dono da casa, da televisão e, ainda por cima, era quem pagava a conta de luz.

Com a chegada de Ingo e Carlão, a televisão foi desligada e a paz voltou a comandar os ares da casa.

Ingo pede para Jardilina preparar um chá.

Seu Werner, mais uma vez, admira-se com a semelhança impressionante entre Ingo e Carlão.

— Um é a cara do outro!

E examinando Carlão:

— Não é à toa que você mora no rio. Filho de peixe, peixinho é, hein?

Coça o queixo e completa caprichando nos erres:

— Pura herança genética.

Com o chá servido, Ingo pigarreia e ataca:

— Tio, a gente queria...

— Deixa que eu falo, Ingo — interrompe Carlão, com o ar compenetrado.

O velho ajeita-se na poltrona.

Jardilina fica parada na porta da cozinha.

— Sabe, tio... — começa Carlão — ... o senhor desculpe a discussão outro dia. É que papai... ele aí — diz apontando para Ingo com o queixo — anda um pouco nervoso.

Seu Werner faz cara de quem está de acordo.

Carlão fala de olhos fixos no velho.

— Meu pai vive preocupado com o senhor, com os perigos que o senhor está correndo. A vida hoje em dia com esses agelastos soltos por aí está cada vez mais arriscada.

Seu Werner, em silêncio, faz um gesto positivo com a cabeça e resmunga baixinho:

— Malditos filhos da mãe!

— Também ando muito preocupado — continua Carlão —, por isso saí do rio, enfrentei viagens, peixes perigosos, cachoeiras, corredeiras e correntezas e vim até aqui na rua Girassol, especialmente para fazer essa visita ao meu querido tio-avô.

Ingo olha para Carlão e para o tio, quase sem piscar.

— Sabe, tio — diz Carlão —, a verdade é que... eu e papai, a gente, anda assustado mesmo com esses tais de agelastos.

— Eles estão por toda a parte cada vez mais! — murmura o velho com ar grave.

— A gente então pensou... no... asilo — diz Ingo, cauteloso. — Lá o senhor vai ficar muito mais...

— Deixa que eu explico, pai! — interrompe Carlão.

A testa de seu Werner fica franzida.

— O que a gente quer, tio — prossegue Carlão —, é proteger o senhor. É só isso. A gente não pode deixar esses bandidos terríveis, esses agelastos chegarem, invadirem a casa e levarem o senhor e a Jardilina como já levaram a tia Emma, os seus melhores amigos, o seu emprego...

— Tudo... — murmura o velho com os olhos abatidos — ... eles levaram tudo!

Na porta da cozinha, Jardilina, enxuga os olhos no avental.

— A gente não quer que isso aconteça de novo — explica Ingo.

— Em resumo é isso, tio — completa Carlão. — Por isso, a gente pensou muito: talvez, quem sabe, não fosse melhor o senhor ir para um asilo? Lá tem segurança, lá tem gente dia e noite pra tomar conta, pra defender o senhor dessa maldita praga de agelastos.

— Do jeito que as coisas andam, escutem o que eu digo, os agelastos vão dominar o mundo! — garante o velho, sentando-se na ponta da poltrona.

— Perfeito! — exclama Ingo vitorioso, batendo com as mãos nos joelhos. — Até que enfim o senhor...

— Tio — pergunta Carlão, cortando Ingo —, presta atenção. O que o senhor prefere: ir para a segurança e o conforto do asilo ou ficar aqui assustado, em perigo o tempo todo, correndo o risco de ser levado pelos...

Os olhos do velho brilham como dois faróis acesos.

— Diga ao povo que fico! — grita ele, levantando-se. — Se for preciso, a gente briga! Se for preciso, a gente luta! A gente é velho, mas ainda é homem! A gente enfrenta! Aqui não tem nenhum covarde banana, com sangue de barata, não senhor!

E o velho desafia:

— E mesmo se os agelastos vierem, entrarem em casa, atacarem e ganharem da gente... não faz mal!

Sacode os ombros:

— A gente morre... mas pelo menos morre lutando!

Um suspiro cansado escapa da boca de Ingo.

— Querem ver uma coisa? — pergunta o velho animado. — Vou mostrar um segredo... uma coisa que nunca mostrei a ninguém. Venham — diz com ar cúmplice, sacando uma chave do bolso. — Vem, Jardilina.

Os quatro se dirigem até o quartinho atrás da casa. O velho abre a porta com cuidado. Acende a luz. Perto do armário, uma bicicleta, uma pilha de jornais velhos, garrafas de cerveja vazias e uma geladeira das antigas, meio enferrujada, quase caindo aos pedaços, mas ainda funcionando.

O velho coloca o dedo nos lábios. Fala baixinho para que os vizinhos não ouçam:

— Isso é secreto, hein! Só mostro porque vocês já compreenderam a verdadeira situação. Até que enfim vocês estão do meu lado. Até hoje era segredo nosso, meu e da Jardilina.

Seu Werner abre a geladeira. Um cheiro azedo cresce no ar. Pelas prateleiras, saquinhos e saquinhos plásticos cuidadosamente fechados com um nozinho e colocados uns ao lado dos outros.

— Que é isso, tio?

— Minha arma secreta!

E o velho explica. Os saquinhos estão cheios de excremento de cachorro recolhido na rua durante meses e meses.

— Espera um pouco — diz seu Werner, abrindo o armário e puxando de dentro uma catapulta de madeira, com um motorzinho elétrico, feita por ele mesmo, com rodinhas de rolimã, molas e fios de borracha recortados de câmaras de pneu e presos com parafusos.

— Mas, tio... — geme Ingo.

— Quando os agelastos vierem...

Seu Werner mostra os dentes:

— A Jardilina esquenta a munição no fogão em banho-maria até ela ficar bem no ponto, eu subo no telhado com a catapulta, ligo na extensão, aperto o botãozinho e zás!

E o velho dá um tapa nas costas de Ingo:

— Vou afogar os agelastos até o pescoço na merda. Guerra é guerra!

De repente Carlão estremece e consulta o relógio. Quase seis e meia! Uma eletricidade atravessa seu corpo. Olha para Ingo. Diz que tem um assunto importante para resolver. Precisa partir imediatamente. Despede-se de Ingo, de Jardilina e abraça o velho.

— Volte sempre! — diz seu Werner emocionado. — *Auf wiedersehen, mein lieber Grossneffe!*

Em bom português, isso quer dizer algo como: "Até logo, meu querido sobrinho!".

Carlão sai ventando, mas ainda tem tempo de escutar a voz de Ingo:

— Tudo bem, tio Werner. Ok. Ok. Ok. O senhor venceu. Não vai mais para o asilo, só que tem uma coisa: não quero mais o senhor soltando passarinho de vizinho nenhum. Não quero ver o senhor andando sem roupa, principalmente se o dia estiver frio. E nada de passar trote pelo telefone. Proíbo que o senhor fique pererecando feito criança por aí. É perigoso. É irracional. O senhor pode se machucar. E quando os agelastos vierem? Como vai se defender? Um velho resfriado, com o nariz pingando, caindo aos pedaços, com o fêmur quebrado, vai lutar como? O senhor vai ter a coragem de deixar a Jardilina, coitada, tão frágil, enfrentando os agelastos sozinha?

A empregada faz uma cara risonha e sofrida.

O velho arregala os olhos. Nunca tinha pensado nessa hipótese.

Ingo continua, severo:

— E, se por acaso eu ficar sabendo que o senhor aprontou outra vez...

Ingo arregala dois olhos severos, atrás dos óculos:

— Presta bem atenção, tio Werner. Agora estou falando sério: nunca mais, mas nunca mesmo, a Jardilina vai preparar *Apfelstrudel* para o senhor!

O velho empalidece.

— Não! Isso não! Por favor! Tudo menos isso!

# 15

Carlão corre pela rua Girassol. Uma chuvinha cai preguiçosa. O rapaz está atrasado. Enfrenta a água que corre rente à beira da calçada e, apesar do dinheiro curto, ao chegar à rua Cardeal Arcoverde, toma um táxi. Manda subir a rua Teodoro Sampaio, endereço tal e tal.

Dez minutos depois, sai do elevador, mergulha num corredor escuro e para diante da porta de um apartamento.

De olhos fechados, respira fundo e toca a campainha.

Passos.

— Carlão!

Beth abre a porta, com os cabelos presos atrás, vestindo bermuda e uma camisetinha de malha branca.

— Entra... pensei que você e o Ingo...

A moça pede desculpas pela bagunça geral da casa. Estava trabalhando tanto que não tinha tempo para mais nada. Chama Carlão até a área de serviço.

— Senta aí, Carlão... Deixa eu acabar de colocar as roupas pra lavar.

O rapaz puxa um banquinho da cozinha. Fica olhando a moça ajeitar a roupa dentro da máquina. Diz que precisa conversar.

Beth espia Carlão, com o corpo debruçado dentro da máquina:

— Conversar? — pergunta ela. As bolhas branquinhas de espuma pipocam sobre seu rosto e pelos seus cabelos.

Carlão vai direto ao assunto.

Revela que gosta de Beth há muito tempo. Que nunca antes tinha tido coragem de falar com ela. Primeiro, ela era quatro anos mais velha que ele. Depois, sabe-se lá. Confessa que durante muito tempo ele se achara um pivete perto dela.

A moça está espantada.

Carlão jura que gosta de Beth há muito tempo. Lembra coisas ocorridas há cinco ou seis anos. Coisas das quais nem Beth se lembrava. Recorda-se de uma festa na Barra da Tijuca e de como ela estava vestida. E de um dia assim, assim. Diz que sabe tudo dela. As coisas que ela gosta. As cores, os livros, os filmes, os lugares, as comidas, os bares e as matérias da escola. Sabe até os caras com quem ela já namorou. E o signo dela.

— O pior é que eu fiz um mapa astral e, segundo ele, pelas datas, gêmeos não combina com sagitário. Eu sou de sagitário! — murmura ele, coçando a cabeça com cara de bobo.

Beth sorri.

— Poxa, Carlão! — diz ela, colocando as mãos molhadas na cintura. — Para com isso! Não vem tirar uma da minha cara!

Carlão conta que ama Beth. Só descobriu isso, na verdade só admitiu isso, quando ela se mudou para São Paulo, no meio do ano passado.

— Aí — diz o rapaz —, eu caí em mim. Caí, não — completa ele —, desabei, Beth. Me senti um lixo por nunca ter conseguido falar contigo. Me senti um bundão, um troglodita, um rato.

— E a Tetê? — pergunta Beth, sem saber o que perguntar.

Carlão explica que gosta da Tetê, mas gosta de Beth muito mais. Mil vezes mais. Um bilhão de vezes mais.

— Eu amo você, Beth!

Os dois ficam um tempo calados.

— Vamos tomar um café? — convida ela sem jeito, indo apressada para a cozinha e colocando água para ferver.

Se pudesse, naquele momento, Carlão acendia um cigarro. Olha para Beth. Sabe que ela não fuma nem gosta de cigarro. Imagina os seios dela debaixo da camiseta. Imagina, debaixo dos seios, um lindo, elegante, puro e transparente par de pulmões. Imagina a fumaça do seu cigarro invadindo aquelas maravilhas da natureza escondidas debaixo da camiseta.

Naquele exato instante, Carlão toma uma decisão importante. Jura para ele mesmo que nunca mais vai colocar um único cigarro na boca. Pelo menos jura que vai fazer tudo para conseguir parar de fumar.

Beth, enquanto isso, balança a cabeça, perdida em seus pensamentos. Serve o café com os olhos baixos.

— Nem sei o que dizer, Carlos. Você nunca... — diz ela, confusa. — Sei lá. Legal o que você me disse, mas... eu estou com o Alfredo. A gente até está pensando em morar junto...

Carlão pede desculpas. Diz que precisava fazer aquilo. Precisava dizer aquilo. Estava entalado na garganta. Quando Ingo ligou pedindo ajuda, ele decidiu e veio.

Carlão encara Beth.

Não espera nada dela. Sabe que ela está namorando. Sabe que a coisa é para valer. Imagina que ela deva gostar do Alfredo, e o Alfredo, dela.

— Tudo bem — diz ainda.

O rapaz dá o último gole de café.

Explica sem jeito que para ele, mesmo assim, aquele momento é muito importante.

— Sei que não tem nada a ver com você, Beth. Esquece. É coisa minha.

Carlão espia o relógio.

— Acho que eu vou indo.

A moça acompanha o rapaz até a porta.

Os dois se olham.

Carlão beija levemente os lábios de Beth e chama o elevador.

A moça fica encostada na porta do apartamento.

O elevador chega.

Beth puxa e abraça Carlão. Um abraço bom.

— Semana que vem tenho que voltar a São Paulo — diz ele, olhando firme nos olhos dela — para pegar o certificado de conclusão do meu curso intensivo de informática.

Os dois sorriem.

— A gente pode se ver?

Beth diz sim com a cabeça.

# 16

O pai de Luciana voltou para casa na madrugada daquela sexta-feira. Tinha saído para ver se esfriava um pouco a cabeça. Subiu as escadas e entrou no quarto, evitando fazer barulho.

Sábado de manhãzinha, Mariza desce para fazer o café da manhã, cantarolando. Faz suco de laranja com mamão e ainda prepara um sanduíche quente de presunto e queijo provolone para o primo comer durante a viagem.

Eduardo também desce, de pijama. O casal está com outra cara. Nem parece que tinha brigado tanto.

Carlão come depressa, abraça o primo e a prima, agradece muito a hospedagem e pede desculpas pelas bagunças. Depois, vai até a sala, na ponta dos pés. Luciana está dormindo no sofá. O rapaz sorri, beija a menina, coloca um bilhetinho dentro do chinelo cor-de-rosa caído sobre o tapete e vai embora para a rodoviária pegar o ônibus.

Um vento morno sopra na calçada tentando fazer uma folha de papel levantar voo. Os automóveis passam indiferentes. Uma florzinha brota vermelha entre os paralelepípedos.

Este livro foi composto nas fontes Pf Agora Sans Pro, Pf Agora Serif Pro, Asfalto e ThunderHouse, e impresso sobre papel pólen bold 90 g/m².